行走的树

孙善文 著

中国文联出版社

图书在版编目（ＣＩＰ）数据

行走的树 / 孙善文 著 . -- 北京：中国文联出版社，
2019.1

ISBN 978-7-5190-4085-7

Ⅰ.①行… Ⅱ.①孙… Ⅲ.①散文诗－诗集－中国－
当代 Ⅳ.① I227.6

中国版本图书馆 CIP 数据核字（2018）第 287181 号

行走的树

作　者：孙善文

出 版 人：朱　庆
终 审 人：朱彦玲　　　　复审人：王　军
责任编辑：王　斐　　　　责任校对：晨　汐
封面设计：李　雯　　　　责任印制：陈　晨

出版发行：中国文联出版社
地　　　址：北京市朝阳区农展馆南里 10 号，100125
电　　　话：010-85923039（咨询）85923000（编务）85923020（邮购）
传　　　真：010-85923000（总编室），010-85923020（发行部）
网　　　址：http://www.clapnet.cn　　http://www.claplus.cn
E - m a i l：clap@clapnet.cn　wfei03@163.cn

印　　　刷：四川金邦印务有限公司
装　　　订：四川金邦印务有限公司
法律顾问：北京市德鸿律师事务所王振勇律师
本书如有破损、缺页、装订错误，请与本社联系调换

开　本：880×1230　　　　　1/32
字　数：100 千字　　　　　印　张：5
版　次：2019 年 1 月第 1 版　　印　次：2019 年 1 月第 1 次印刷
书　号：ISBN 978-7-5190-4085-7
定　价：32.00 元

当你需要的时候，总有风景与你同在

——序孙善文散文诗集《行走的树》

周庆荣

去年底我曾经说过，不会轻易再写任何评论或者类似评论的文字，因为评论一部作品需要相对完整的时间去读他者的文字，这与自己在有感而发的情形下即兴创作完全不同。

几个月前，深圳的诗友孙善文微信发给我他的一部行将出版的散文诗集，他多年来一直从事新闻、文秘工作，他说是散文诗让他在日常的文字之外找到真正的文字方向，因为实际的人生是新闻报道或者机关公文无法完成的。我理解他信息的意思，他其实是在向我说明：生活的内容是需要平行于真实的另一种真实的叙述才能实现，这样的叙述他认为就是散文诗的。

这部散文诗集取名为《行走的树》，行走，当是人生最无法避免的组成部分。你向远处走多远，可能证明你的生命力就有多么旺盛；你然后产生回到原点的念头，不仅仅是提醒自己不要忘记自身的出处，更是因为你所在的远方反而成为了你今天的日常，而你最初逗留的地方却依稀为你的远方。远方也在变化，变化让世界环境日益陌生。于是，你寻找一个影像，让它永远象征着最初的记忆。这样，即使你继续行走，你不会丢失，仿佛村角的那棵树，你一看到它就知道了家的位置。所以，真正行走的不是树，而始终是善文本人。

村口的树往往是童年的地理坐标，它是一种影像，是树冠里装满天空和星星的记忆荷载。善文是否担心有一天村口的树被别的什么发展中事物所替代，使他即使往回走也站不到从前的那棵树下。或者，在他命运使然的行走中，他忘却了曾经的树的本质，如社会上绝大多数人一样，只能压制自己身份的原初质朴，而一步步走向城市的繁华和喧嚣中。在匆匆翻阅了他的作品之后，我发现他文字中有深深的往回走的惆怅，也有继续走向山水风光去安放心灵的期望。

一般来说，童年的乡村经验是顽固的。这种记忆构成无非是村落、田野、田野上的事物和亲人们的脸庞。他写犁铧："犁铧顺着父亲的眼光，用同样的姿势，一排排有序地安置着土地，从左边及右边。""父亲熟知老牛，老牛熟知犁铧，犁铧熟知土地。"他写镰刀："每一串修行圆满的稻穗，都会在镰刀下成就自己。"他写风车："合格的谷子喂养着我们。而风车里扇出的风，却吹走了村子里一季季的苦楝花，吹走我的童年，以及母亲脸上曾经的芳华。"如果简单地把善文的这些写作读成是早年的乡野经验，或许会委屈了他。他这样地提及自己的村庄："我在异乡，常常把村庄留在纸上，有时是溪流，有时是古屋，有时是老榕，有时是一块普通的石头。""天上的云，没有自己的乡村，因此只能闲散地四处飘游。"

生活中，究竟是什么样的力量促使我们需要往回走？而我们往回走的地方恰恰是我们最初努力要走出去的地方。现实中，我们是否能够真正地回得去？这种心境绝非乡愁这么简单，成功时容易回首，失败时也容易回首，身处繁华时容易把自己弄丢，而保持自己原初的朴实和生活态度又一定会遭遇新的生活场景下的各种诱惑。笔端指向童年，心理学上意味着逃避和惰性。让我欣慰的是，善文其实试图证明自己依然是从前村口的那棵树，他走回村口，站在那里，他将自己的身份自觉成村口一棵树所能够喻指的全部。所以，我说他行动上和意念中的往回走实际上超越了乡愁，他是在进行精神本质依然没有被改变的一种宣示，与我们许许多多的人们一旦走进繁华中心就不得不努力兼容自己形成巨大的对比。把令人感念的事物进行升华，行走的实质或许可以是这样的：我一想起故乡，故乡便从四面八方赶来。当我再次走向远处，我见到的每一棵树都长在我的村口。对属于自己身份提醒的物像的迷恋，确实是当下许多人的共性。因为生活中每个人不由自主地遇到各种各样的惆怅，通过一种迷恋去化解心中的块垒，这当属正常。需要提醒善文注意的是，他努力地以素描以回忆以直接的真诚去呈现那些让他"往回走"的景象，他笔下的那些物像证词似乎缺少了暗喻的力量，存在即存在的理由，我更愿意他记忆中的那种纯净的事物在今天也能产生主动性的意义。《我从金黄的稻田看到我的祖国》是诗集中一篇用时效去证明永恒的作品："在我的祖国，我无法看清它的尽头……稻田一直繁忙，我所在的国度都是繁忙的。"

谁说村口的树不是祖国的一片绿荫？

在我看来，善文的另外一些作品，书写了"向外走"的意境，反而弥补了过于直接的描述所导致的意义上的不足。比如《围墙》一章，说的是墙，但是文章的重心却落在作为断墙补充的榕树上，如此，围墙和树两个物像合并为一个意象；比如他在《远方》里说："远方是永恒的视线，把我们灿然的理想，在血与汗的奔流中，映照出七彩的光环。"围墙是人性中最难分析的存在，一方面我们呼唤人心和人心之间的互相开敞，一方面围墙又是彼此尊重彼此安全的条件，人性中如果非要存在墙，以树为墙是否更加生态？而远方一章解释了他为什么需要不断地行走，他想证明自己有做一棵树的理想，既然在喧嚣的城市没有丢失，那么，走多远走到哪里，他也还是最初的那棵树。

去年，我曾经在给湖北一位作者的散文诗集的序言里说过：如果只用平均的乡村记忆去表达乡愁是非常危险的，因为乡愁里假如没有仅属于自己的发现，就会使写作离伪乡愁近。因为任何表面上已经远去的事物其实都具有当下性，只不过这种当下性是通过隐喻和找到从前事物和此时此刻的互为关联来实现的。正如善文在谈自己的散文诗观时说的："一章好的散文诗，应当体现作者色彩斑斓的生活亮度，同时也要有明慧的深度。"

我非常喜欢他这部诗集里的《光之芒》《雷州访古》《弯弓》和一些关于城市系列的作品，从这些作品里我读出了散文诗写作应该具有的在场性、思想性和时空兼具的那种厚重。总体来看，善文的写作走出了以往散文诗存在的修辞之殇，他选择朴实的话语来叙述证明自己精神身份的过去的事物，也用带有哲思的感悟呈现他与时代必须共存的生命场景，作品具有的格物高度也体现了他的情怀和这种情怀所生发出的正能量。

　　最后我想对善文说：当有人需要时，我们可以是树，这是别人眼中的风景，更是我们自己的修为。

2018 年 6 月 15 日凌晨 老风居

　　（本文作者系中国作家协会会员、《星星·散文诗》名誉主编、《诗潮》编委、首都师范大学中国诗歌研究中心兼职研究员）

目　录

第一部分　故乡，一条涨潮的河流

第一部分

故乡，一条涨潮的河流

异乡的月色长满乡愁（组章）

村　庄

村庄总在那里，每栋楼每座屋都站成了路标。我其实是看着村口一个影子归来的，那里端坐着一只石狗，坐着村庄的图腾，它已经稳稳当当地坐在那里数百年，几乎与村庄同龄。外出的游子，总能从它身上的苔藓闻出故乡的味道。

每只虫鸟、每片树叶、每串稻穗都有自己曾经的家园，它们或来自高山另侧，或来自大洋彼岸，走得再远，它们的面容、声色都难于改变。如同故乡的土地，如同我们的肤色，如同我们的语言。

我在异乡，常常把村庄留在纸上，有时是溪流，有时是古屋，有时是老榕，有时是一块普通的石头。此时，我的笔总是无法绕道。其实，再细小的石头，它都已停在我们村庄很多年，都比我老。它可能是儿童的把玩，被一代人玩了又丢开了，又被另一代人丢了又捡起了，它与一代代乡民一起幸福地土生土长，依然没有离开这块乡土。

天上的云，没有自己的乡村，因此只能闲散地四处飘游。

稻　田

再清瘦的土地，都在用自己的方式，喂养着爱它的人，爱它的牛羊，爱它的花草，爱它的稻穗。

故乡碧野千里，农田万顷，土质丰润。稻田是村庄的福地。稻子在这里的成长和乡村的生活一样坦然有序。

我在想，没有优秀的种子，没有认真的萌芽，没有坚定的拔节，没有茹苦的孕穗，没有快乐的扬花，没有扎着的乳熟，便也没有这坚实从容的谷子。但这一切都因有着汗水的浇灌。

一串串稻穗在风中挥动的手势，热烈而欢畅。每一粒谷子都如此饱含深情，壳子里装的，既有向土地的敬意，对稻田的敬意，也有对汗水的期许。

乡　音

乡音是一种既定的格式，不需要任何创意。我的嗓口自小被打上深色的烙印，语言便有了半岛的颜色和南渡河的风味。

老家屋檐下，有一窝的老燕，我每次回家，它们都纠缠着我，要与我畅谈。它们操着故乡的土话，也曾远走他乡，但却乡音不改。一年难得一见的老屋，更像老燕的家，它们的笑声充满故乡的色彩，也有家的味道。

很怀念童谣，那是流淌的乡音，它总是顺着故乡的月光，一次次洗刷着我们的村庄，一代传至一代。

每一次离乡，我总会在村口，被一行行温暖的目光融化一回，被一波波的乡音灌醉一回。我在异乡生儿育女，我担心，因为晒不到故乡的月光，而让乡音失色。

乡　愁

老屋的门槛是岁月的脸谱，磨得越光滑，说明它越沧桑。每一道沧桑的门槛都可以装载月光。

每逢中秋佳节，我都期待与明月一起谈论故乡。再明亮的月色，皆因属于异乡而长满乡愁。中秋的月色常会像雨一样，是洒下来的。

在一个远方的城市，我在想着，中秋那天傍晚，小区门口的那棵大树顶头的鸟儿，肯定也会如往日一样，喊着孩子回家。

月光是心情调出来的，因此有了思乡的色调。

秋风淡凉，或许就是乡村里依然张扬着的蒲扇扇来的。

稻草人

村庄。农田。雀鸟。稻草人。

翔徊的雀鸟漫天飞舞，窥觑着满地的粮食。它们要留下影子，也要填饱肚皮。

此时刚开春，播下的种子正在水田中喃喃呀语，期待着用一造的勤奋成就另一段丰盈的梦想。

稻草人是我派来守梦的。它站在宽阔的农田中间，目光如炬。风中飘摆的外衣，是它的旗帜。这是一件曾穿在我身上的旧衣，我用老屋后面的竹子作骨骼，用去年的稻草叠成肌肉，造成另一个我。

稻田在春雨中会变绿，在秋风中会变黄，一如既往，酣畅淋漓。

稻草人晒着日凉着风顶着雨，陪伴着季节穿梭。稻禾都是它的兵马，向收获的季节挥鞭而去。

地上没有饿倒的雀鸟，稻草人却要倒下了。它因时间而成，因时间而青春，因时间而坚守，又因时间而离开。

新一批稻草又堆进了我家后院的杂房。它们大多用于喂养牛羊，添燃灶火，也有一些将被扎成稻草人，旧衣我已备好。

此时，我正坐在村子的祠堂里，哼着雷歌，挑逗着几名像雀鸟一样飞过的小童。

贴春联

　　春联是欢迎春天的标语，标语挂上，春天就算跨进了家门。今年家里的春联均出自书法名家之笔，但却都是父亲一字字推敲草拟。

　　春节是父亲一年的影子。每年过了元宵节，我感觉他就在开始想着明年的春联。心中有春，春意常驻。父亲将春联贴在了心里。

　　父亲每年都亲自带我们贴春联，尽管他已经年届七十，而我也已过不惑之年。

　　岁月的斑白爬满了他的两鬓，但在春联的红意衬托下，他脸上依然燃烧着火热的激情，很光亮，也很温暖。

　　春联似乎与小孩无关，同样的红色，他们更喜爱的是贴好春联后燃上鞭炮的快意。

　　岁月可以定格吗? 陪着父亲陪着青春，在春的世界无限写意，心，不会老。

每一件农具都肩负重任（组章）

犁铧

犁铧顺着父亲的眼光，用同样的姿势，一排排有序地安置着土地，从左边及右边。

家乡的每一造农耕始于犁铧下地。

老牛牵引着每一个行走的季节，站在父亲目光的末端。它已将一条粗绳勒上肩膀，将用脚印熟练地丈量田地的宽度，测算时节的距离。

父亲熟知老牛，老牛熟知犁铧，犁铧熟知土地。

我坐在田梗上，一行行清点着整串整串绽放的犁花，收拾着质朴而纯正的土味。老去的老牛，每年都在勤奋地更新土地。

犁铧看不到土地上积极生发的稻苗，它看不到稻谷沿着时光的阶梯一粒粒爬成稻穗。在土地上，只有像耳坠一样装饰着每一株稻杆的串串稻穗，才有机会享受季节的荣耀。

等到稻香烂漫，犁铧正静静地躺在我家的杂房里，思考着下一造农耕。

锄　头

晨风将星光一盏盏吹灭。此时，母亲已带着锄头，来到她的一亩三分地。

汗水在田间游离。早起的锄头把土地一块块撩起，又一片片铺平。家里的床也是这样的平整。每一寸平整过的土地，都适合种子的萌芽成长。

锄头是乡间最平凡的农具，再平凡的锄头，只要劳作于田间，必定肩负重任。从挖穴、作垄、耕垦、盖土，到除草、碎土、中耕、培土、收获，它见证一片农田的生生不息。

可爱的种芽已从土地上翘起。充满生机的季节在锄头的影子里拱开。

感谢我老家的锄头，有它才有朴素的番薯、才有晶莹的大米、才有娇媚的白菜，我的生命才有这么浓烈的泥土味道。

其实我的小名就叫锄头。但万能的母亲却像锄头一样活着。

镰　刀

月色如镰，是在收割谁的魂？镰刀如月，它要照亮哪片星天？

我曾看着这浩浩荡荡的黄，酣畅淋漓地染透了整片稻田，又要用这把带着斜细锯齿的镰刀，让站立的黄灿灿景色成片成片地倒下。

每一串修行圆满的稻穗，都会在镰刀下成就自己。

父亲挥汗如雨，从这畦田弯到另一畦田。稻田里传来一阵阵沙沙的声响，很有节奏，也很有力度。

父亲用这把镰刀为我收割学费，收割柴米油盐，收割希望，也割下一个丰硕的季度。

秋季，月圆月缺。我希望有机会在如镰的月光下，与秋天会谈，好好交流耕作的经验，探讨秋风下成熟的果实为什么都这样的黄。

再见，明年秋季。

风 车

炊烟以昏黄的天色为背景，涂画着一幅乡村水墨。

此时，一部风车还在晒谷场上滚动着。母亲握着摇把，坚定有力。

一粒粒结实的谷子执着地往竹筐里坠落，掉得越多，母亲越起劲。风车刮刮的声音，越听越像是哈哈笑声。

谷粃正顺着风的走向飘然而去。浮华都是飘着的。

风车打理每一筐稻谷，清点着每一粒合格的谷子。

合格的谷子喂养着我们。而风车里扇出的风，却吹走了村子里一季季的苦楝花，吹走我的童年，以及母亲脸上曾经的芳华。

我把一只酒杯长留故乡

奶奶说，你想家了，就回来陪乡亲们拉拉家常，喝喝老酒，斟上满满的一壶，满满的一杯。

老酒很香醇，一壶，我醉了。它悠然滑过舌尖，过喉，入嗓，轻车熟路，火辣火辣的，暖和着我的耳根。游离的酒气，无数的嘱咐，在饭桌边慢慢地打转着。

我沉醉在奶奶的那张床上。那晚，无数的异乡与我同眠。

奶奶是不爱喝酒的，我在他乡，也绝少贪杯。但她每一次来电，都叮嘱我不能醉酒。奶奶，请您放心，我只醉在故乡，因故乡有您，我们喝的是老酒。

一只酒杯，因盛过老酒，也就盛着故乡的山和水，盛满奶奶的希望和牵挂。回家喝酒，只是一个老人期待相聚的理由。

故乡依然，却已没了奶奶端来的老酒。

奶奶坐在祖屋高高的神龛里，静静地看着屋檐下的老燕徘徊。我们默默地对视着，只感到杯杯乡情依然在为我洗涤风尘，一次次把我灌醉。

我还继续远行，酒杯已长留故乡。

我从金黄的稻田看到我的祖国

一

稻田一畦连着一畦。隔畦相望。从天涯海角，到塞北江南。

在我的祖国，我无法看清它的尽头。于是，我一次次从风声中感受它的辽阔。东风或西风，南风或北风。

我的村口是一望无垠的西洋。一片平川旷野，被称为半岛粮仓。天很蓝，就像一只佛手，平和地舒张，无论村庄、稻田和我，还有天上那不管从何处起锚的浮云，都活在当下，感受佛手心的温暖。

我离不开村庄，离不开稻田。勤奋的庄稼陪着村子，一代跟着一代，一代养着一代。千年的村庄被养成了站立的背景。其实稻秆也是站立着的，哪怕收割后的稻茬，都保持着当初的挺立，等待来春。

村庄，像一座站立的图腾，穿梭于季节奔忙的时光。

二

秋的到来，是风告诉我的。它浩浩荡荡染黄一片稻田，又繁忙地从这畦赶到另一畦。

稻田一直繁忙。我所在的国度都是繁忙的。从耕地、播种、施肥、除草、灌溉，到收割。从上古到如今。因繁忙而挥汗，因挥汗而收成。

曾站在低处的稻禾，用每一次的拔节，来展示仰望日月的力量。

秋风飒飒而行。每一个愉悦的表情，都是金黄涂抹的唇语。

粒粒皆辛苦。稻谷喂养我的祖辈，栖息父母简单的情爱，我的理想也因稻田的芬芳而升华。

禾有多绿，苗有多壮，谷便有多黄，所有美丽的遇见都是一盏灯。甩出的汗滴，是灯油。亮灯，是一种坚定的传承。

三

母亲曾整日装着我们家的一亩三分地，装着春秋，装着365 天。稻田就是柴米油盐，勤劳的她，每天除了协调各个锅碗瓢盆的出场顺序，便是用简单的农具与农田探讨生活的酸甜苦辣。

现时的稻田，因各种机械化的作业，更显快便。连通向农田的路都变为水泥道。

我的兄弟姐妹，顺着时节的指尖，从工厂回到稻田。与南飞的候鸟同行。候鸟在农田的上空说着远方的语言，与村子里饭桌上传出的各地方言极像。

几千年的农业税已作古。农业补贴、医疗保障，还有一次次真切的探望帮扶，一回又一回将乡村生活吹暖。

农田不变，稻谷坚实。蓝天用白云渲染自己的蔚蓝，蓝天下的金黄，足以见证每张笑脸的安详饱满。

四

红旗是鲜红的，这是祖国的底色。

五星是黄的，是我们稻田的黄，黄得金亮。

我赞美每朵盛开的稻花，它们都长有一颗勾魂的心，香气如兰，倩容清雅，总在季节的奔走中厚报于土地，抿笑于未来。

我前世或许就是一株普通的稻苗，默默地长在田地里，吸取土地的养分，在献出稻谷后，又把自己埋进这块农田，化为肥料，哺育来年的稻香。

我已把自己种植在国旗上，为五星添色，用一片纯净的黄以及我的荣耀。

在祖国的南方，雄鸡的脚部，一个叫雷州半岛的地方，是我的家乡。这里有一大片金黄色的稻田，可以看到我的祖国。

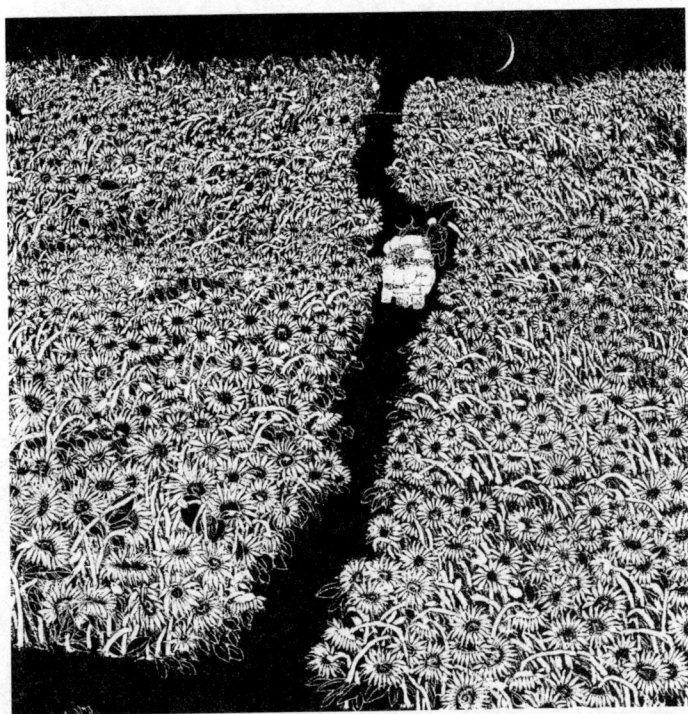

向 东

　　向东。只需跨过一条叫南渡河的小河，就可近距离看看河另一侧县城的灯火。

　　向东。祖母一次次为我整理行囊，用如线的眼光紧紧系着我。我像一只风筝，从河的这侧飞到河的另侧。她希望，在一张翎羽打开的时刻，河东的灯光，可以照耀河西的村落。

　　向东，向东。一个个不停步的梦想，扬起了滚滚红尘。祖母沧桑的视线已模糊。她搀扶着老屋，送我远去，又盼我归来。

　　向东。此时，已不关距离。祖母只记得那条叫南渡河的小河。我就活在河的东侧。

故乡有条南渡河

一

南渡河很短。在中国大陆地图的鸡爪部位，雄鸡不经意的刨动，便有了这淡淡的一小段。

不长的南渡河，是故乡最长的河。八十八公里的干流，源于遂溪坡仔，入海于雷州双溪口，横贯了我整个故乡。

记忆中的南渡河总被拉得好长好长。我走到哪里，它延伸到哪里，我梦到哪里，它流到哪里。

早年喝进去河水，都已化成血液，滋润着我的血管，温暖着我的视线。

南渡河是故乡的一个符号。

二

雷阳大地有雷的种子飘飘洒洒。

南渡河因此便也有了一个写满雷元素的名字，叫擎雷水。

雷的性格也是土地的性格。风风火火，急风骤雨，率直放达。

擎雷水却始终柔情如一，平静地流过我们的村庄，流过我们的农田。捉鱼戏水的集体记忆，依然在河边上映。

这是一条我们共同的河流。这方水土养着这方人。

是水乡，也是梦乡。

三

南方的南渡河，一年都是那样的清透，波浪不惊，淡雅而欢畅。

春风和秋风吻过河面，那一波一波的涟漪竟是如此的相像。

季度的变化在渲染着河岸的风景。绿油油，是稻田春之本色。而黄灿灿的秋季，稻穗飘香，笑脸又总是如此丰满。

雷州东洋、西洋良田二十二万亩，是半岛的饭碗。

南渡河把它抱在怀里，喂养着，绿了又黄了，黄了又绿了，一年又是一年，一代又是一代。

汗水才是最高营养的肥料。

四

候鸟飞行的方向与南渡河行走的方向一样，都向南。

候鸟从华北来、从东北来，甚至从西伯利亚来，走了很远的路，他们选择了大陆的最南端。

去年它们把家安在这里，今年冬天它们又来了。飞鸟没有变，变化的只是飞行的姿势。

平安和谐，是家族的梦想。候鸟把梦撒在了南渡河两岸。低苇丛、红树林中，总有一只只候鸟隐没其中，白色的、灰色的，风景因此更加鲜活。

岸边闲庭漫步的鸟儿，那份自在，与我相像，令人温暖。

没有候鸟落脚的南渡河，或许永远只是一条普通的河。没有张挂捉鸟大网，没有响彻打鸟枪声的南渡河，却是一条爱河。

五

故乡在变，故乡的南渡河也在变。

污水的随意排放，垃圾的存意丢弃，废料的蓄意倾倒，南渡河已成为一条疲惫的河。

　　我曾垂钓于河边，当钩起的不是鱼，而是一个个垃圾袋的时候，我已黯然伤神。

　　河里漂浮的塑料袋，顺流而下，红色的、绿色的、黑色的，是那么的刺眼，更是那般令人伤怀。

　　故乡总在那里。楼更高了，路更宽了，人更俊了。

　　故乡的南渡河，却在远去。

重逢故乡的一条溪流

这条叫下溪的溪流是记得我的，它熟悉我们村庄里的每一个人。村庄，安静地蹲在溪边，看着小溪里熙熙攘攘的倒影，还有天空上不断换着样子，名字却一直不变的云。

我带着悠然的心情，与儿子一起看云来了，看故乡的云，看看那云朵下，在我记忆中像云一样飘动的下溪。

我远远地喊着它的名字，提醒未曾与下溪谋面的儿子，要拨高音量，表达内心深处蕴藏的激情。

我告诉儿子，当年这潺潺的溪水，其实是一张长长的稿纸，任你随意书写如鱼如虾如蟹般鲜活的文字；当年这清澈的溪水，可以洗涤风尘，且清凉入口；当年这源远流长的溪水，就像我们生生不息的村庄，点滴鲜活，血脉相连，在流动中传续活力；当年这守着溪流的青草，表情如一，就像你的爷爷和奶奶，享受着幸福的宁静，用一生的期许，看着所爱的人，每天在自己的面前晃来晃去。

下溪静默着，聆听着，表情越看越凝重。

我这才注意到，几年不见，这几百年来一直容颜不改的下溪苍老了这么多。它消瘦的身躯，无力地躺在河床中，失去了昔日的豪情。岸堤上，那一块块被乌黑的淤泥掩盖着的砾石，就像腐肉中的一块块碎骨。

下溪变了。因为村庄变了。

下溪再也吞不下这一车车从各个村庄送来的生活垃圾，它的消化道被卡住了。再大的胃也撑不了无知。

一只只五彩缤纷的垃圾袋，还在沿着河水微弱的气息，从上游向下游无力地凫来，像一条条死鱼。

我拾起一块卵石，希望用溪水将它洗醒。

儿子说，爸爸，这水珠从卵石上滴落，怎么越看越像一只正流着苦泪的眼珠？

老　屋（组章）

一面残垣

　　村庄，依然的花红叶绿，肆意闹腾着。

　　我家安静的老屋真的老了。一面试图围拢时光的残垣，总因残砖碎石的斑驳，给斜照的阳光和路过的阵风留下足够的缝隙。

　　一道虚掩的门，要用一年的时间敲开。希望我的归来，别让穿梭的往事受到惊扰。

　　一座晃过春风秋月的庭院，依然沐着一份厚重一份牵挂，只是春风已不再，秋月更属他家。

　　一口废弃的大米缸，平静地站在院子的一角。它曾经装载着一个家族的成长，现在只能承接无谓的阳光和偶然相逢的雨水。

　　一面围墙，因为属于老屋而饱经风霜。

几株青草

　　几株青草，趴在干瘪的泥地上，慢条斯里，试图用仅存的绿意，点亮整个院子的生机。

历经无数次的枯荣，它们依然顽强地活着。用力挤出绿意，等我归来。

好几次的劝阻，父亲才放下当年用于锄草的锄头，让一份残留的念想得以生长。时光流转，草色不变。

院子的虫子习惯了肆无忌惮的唧唧私语，已没有一只能叫出我的乳名。

几株青草，贴着土地，一个春秋挨着一个春秋，点亮几盏萤火，与月光谈论往事。寒冬有生，暖春有死。贴着泥土，方得久远。

同样的院落，倾泻着同样的月光。当年，我们就像一株株草，紧紧依偎在祖母的身旁。

数只檐燕

雨水弹跳着，沿着乌檐，向低处而去。

我想到了乌檐底的燕子。它曾看着我在巷道中奔跑，在榕树下荡秋千，在老屋的天台上乘凉，就是不在时光的轨道中逗留。

是燕子卿卿我我的说话声，把清晨吵醒的。它们是村子上空的云彩，却习惯了低处的飞翔。只因低处有土地，有河流，有家园，有念想。

身在低处，心存远方。燕子的每一次愉悦北归，都会将几片羽毛存留在老窝，记录曾经的生活，承接来年的相约。

感谢燕子给我的启示。

一座神龛

高高的神龛上端坐着我的爷爷、奶奶，以及列祖列宗。

我们的归来，老屋都如沐春风。每次与祖先的交流都是由一柱香开启。

香火点在心里的，因为庙堂也是建在心里的。

在晃动的烟火前，我曾怀抱离开村庄的理想跪别在他们的面前。我发现，走得再远，都走不出他们的视线。只因他们处于高处。

　　童时几件旧衣留在老屋，每逢家族的大节日，即使不能如期归来，母亲也会挑出一件，铺在祖宗灵位的面前。衣服放成了跪立的姿势，希望庇佑远方的我，被阳光沐浴，被幸福烂漫。

　　简单的交流，却意味深长。这就是血源力量。

乡村的清晨

打鸣的公鸡，活一天就敲着一天钟，穿越天籁的啼声，撒满院落。我用黑色的眼睛，用力穿透薄薄的窗棂，希望炽热填满我的心扉。

这是乡村的一个清晨。我与一段影子相约，行走在村路上。阳光用一片幽深铺设着另一个我，或长或短，一路随行。

野花、野草已是野性十足，每个生长的姿势都格外偾张。鸣虫撑开喉道，演绎着开放和自由。村子最高处，一面激情的旗子正迎风飞翔。这是我曾经入读的小学，隐隐传来的读书声，却羞涩而零落。我用耳鼓拼命咀嚼时光的碎片，这往日喧闹的校园，只有那棵老榕树依然在操场中央用同样的手势斑驳晃悠。

月亮的柔和曾让我们相约仰望，太阳的光耀却常让我们低头。低头，有时是因行走。阳光下，无数的行囊正在村庄中整装待发。

乡村的清晨，总有晨露如雨。每一滴中，都活着一枚太阳。阳光在上，又在下。我却看到一个曾经喧嚣的村庄，在告别前尘。

故乡，一条涨潮的河流

一

这是故乡的一个雨季，河流都长成一束束奔流的光芒。久难按捺的心跳，节节涨潮。

我把影子铺在水面，迎风而行。波光的走向，连着我的眼光，还有思想。

影子流不走，清涤影子的河水漂走了。

我把伞握在手中。一把没有打开的伞，像微微闭着的眸子，反刍着莫名的忧愁。淡定的雨丝在与我热烈交流。

二

远处。风中。一只飘忽的风筝。它正在田野选择高攀，风雨飘摇。

风筝从河面掠过，它以飞翔的方式表达孩童们的快乐。

这只风筝是我吗？每次行走，都因风儿。

风中长着我的翅膀。每次落下，都像河道上降下的帆。

只有嘱咐漂浮于视线之上。

三

河道边，站着我的村庄，也站着很多棵树。

一只蜘蛛坐在榕树的高处，一针一线地修补着生活，修补着希望，也修补着未来。

母亲用同样的手法，坐在村庄的乌檐下，纺着毛线，编织时光。

每阵风吹过，河水都像日历一样翻过。今天的一页撕下了，今年的一本撕完了。明年还是这样的一条河流，但已不是今年的流水。

只有牵挂，总在流淌。

四

涨潮，是一份约定。

树枝托过夕阳，山尖顶着白云，河床装载溪流，村庄生育你我，所有的遇见，或近或远或高或低，皆因有缘。

潮水里总有无数的语言，如花香，每一朵都近在咫尺，却又远在天涯。水波是河流的肋骨，因风而弹拨。

我试图掬起的一朵水花，瞬间从指缝隙滑落。手心一股清凉。

故乡的候鸟

顺着时节的走向，它们把理想系上了翅膀。从北方到南方，每一趟坚韧不拔的翔行，就渴望摘下一片温暖。

冬日的阳光熙熙攘攘，散落于我故乡干涸的稻田，葱绿的树丛，高爽的天空。这群白色的精灵，用飘移的影子渲染着乡村包容和自由。

每年春节，我也会从异乡回到故乡。我爱伫立于田头野地，希望近一点，再近一点，与这些来自远方的访客交流思想。每回的相逢，都因缘分。我知道，此时的候鸟们正在自娱自乐，我的无言，我的倾听，才是一种应有的素养。

候鸟是他乡飘来的白云，云朵散落之处，便成心安之所。

我从故乡漂往他处，在母亲的视线中放牧于异乡。自从学会了飞翔，便一直走在路上。冬日的故乡是如此风和日暄，母亲看我，很像我在看一只候鸟，那眼神，每一粒打在我的脸上，都溅起无限的惆怅。

故乡那头老水牛

我曾伏在它的背上，顶着一片蓝天前行。那时的天空，所有飘过的云彩，都像水，瓦蓝瓦蓝的天色，水洗如新。

故乡一头驮过我童年的老水牛，常常把我从被窝里叫醒。它带着我与朝阳一起，到花红草绿的田野游荡，用一幅流动的背景，点缀着旷野的心情。

老水牛很忙，前天刚到四十里外的坡地，拖回一车红薯，昨天又到水田犁了一天的地。今天，它来到了绿草如茵的山坡，希望好好享受这忙里偷闲的时光。

生命中所经遇的每一片青草，它都当成命运的眷顾。与日夜想念的嫩绿草芽亲密对话，总是一段难忘的艳遇。感受生活，不需要刻意的深度，反刍更有品味。

那满满一牛车的红薯已换成学杂费。老牛毫无怨言，依然一次次负重前行。它说，我驮的是一个农村少年成长的时间，走着走着，时间就像石头一样，在能工巧匠的手中开花。每一颗能够开花的石头，皆因驮着成长的时间。

地耕好了，迎来播种的时节。老水牛将踩着季节的时点，拉去农具、种子、肥料，又在流动的时间中，拉回了一畦畦金黄色的稻田。

漫无边际的田间，奔忙着故乡的老水牛。它因爱而无言，喜欢用牛角挑回每天的夕阳。

　　渺杳的牧歌渐渐久远。

　　故乡的老水牛，站在故乡的田野，站在哪里，都如一座厚重的大山。

　　它曾经反刍过的青草，已化为我的血液、骨骼和理想，奔行万里。

祖母的屋前

祖母有了新家，就在村口不远的山头上。

我每年都去探望她。她却总是躲在屋里，只愿与我梦中相见。我曾试图尾随，希望一路收拾她的足迹。如雨挥洒的泪水，已将她的脚印洗刷得杳无踪迹，无以寻觅。

岁月催人老，也催绿祖母的家。屋前屋后绿的是树，床沿绿的是草。她用满目的春绿遮阳挡雨，心静如莲。

每次过来，我都会带着酒。酒中盛满浓烈香醇的语言。科技日新月异，我曾给她带去一部纸手机，但阴阳的距离虽然只隔几尺红土，信号却需跨越万年。

屋前有一块石碑肩负使命，告诉时光已辗转 20 年。我每次安静站在那里，眼里总有雨滴，像敲打着的打字机，一点点地将文字撒向土地。这时的每个字都如此刻骨铭心，只有陪伴祖母变老的树和草，更能领会其中。

其实，我早已前往一个离村子很远的地方生活。我无法相告。我想，她每天必定站在高处，时时注视着村口出入的身影。

昏色的傍晚。老家门前大树上头，雀鸟总在此时呼喊孩子回家吃饭。依然磁性的音质，很像当年花朵打开的声音。

清 明

青天为帐，大地为席。

芳草凄凄已不是这个时节的姿态，先人的对语在风中携带雨点，与我们的跪立，相向而行。

纸钱飘飞的心事，收下的思念，彼此的祈祷、祝福，加深了阴阳的距离。

无论孰重孰轻，我们都是继往开来的血脉。很像村庄旁的那条河流，是如此的源源不息。

弥漫着飞烟的金额，只是一张纸，只不过派生了不同的时间。

所望先人祸福所依，把我们的祝愿带往莲花的仙界，在天上赐予我们勤劳的手。

我们也终将归于墓穴，觊觎更多的花草。

在先人长眠之地，我只不过是叩响血脉回流的梆声，敲响对于生命的尊重，把一个后人的夙愿说出，又一次回答自己的，也是前辈的追寻。

第二部分

花草，一份心的寄托

关于花与草的絮语

一

每棵草都在以自己的方式绽放。每片叶子都开成一朵花。

草坪，原野，花盆。艳绿，从容，清雅。

野火烧不尽，一场纷扬的朝露，足以催生一棵成长的思想。草，浮生于地面，吮吸着地气，溢吐着泥土淡淡的芳香。

露珠是挂在草尖的菩提，每蒸发一粒，都曾响过一声木鱼。

二

每朵花都贴着标签，一贴千年。

诗歌是纸上的风花雪月。花瓣长出诗的语言，从象形文字，一直排版到今天。

桃花多情，牡丹富贵，玫瑰有爱，百合好合，木棉英勇，昙花一现。

世界之大，足够灵敏的鼻子，都可以闻到花香。把花蕊含在嘴里，欢愉散落之处，总会偎侬淡淡的忧伤。

三

春风唤醒土地和草木。花草，渐次点亮每个时节。

季度的胎动，可能是一朵野花，一棵青草，一张落叶，或者只是一片简单且朴素的语言。

每一次勤奋的行动，都是因为信念。

有开放，必有芬芳。每朵芬芳总有最浓烈的时刻，馥郁装载的遗言，不知能否与你安静邂逅？

四

花草或者都是无色无味的，寄情土地，才变得更加诗情画意。

无比辽阔的草原，马儿爱把青草含化在嘴里，这是它表达热爱的方式。

舍生取义的小草，化为马的骨骼，远行万里。

有思想的花草，有温度，也有高度。

五

一场毛毛细雨，将我的耳朵灌满，无数的种芽撑破大地。

每一片叶子都在追求持久的绿意，每一朵花都认认真真地开放，只为它们执着的信仰。

绽放的花，用表情向春天表白；每一粒怀春的草芽，抒发着青春的牵挂。

阳光下繁忙的万物，皆因阳光。

六

城市的水泥钢筋缺乏土壤肥力。

我们便把爱种植在荒山野地，那里没有喧嚣，可以安静地感受阳光的张扬和月色的雅致，希望能长出花和草一样的清香。

一阵阵路过的山风，应接不暇。

我笔端的文字吹开了，撒了一地，每一粒文字富含复合肥料，希望可以给冒芽的大地增添暖意。

七

花与草在季节的刻度上奔跑着。

每个停留的脚步，都在完成一次生命的轮回。

活好当下，也是造化来世。

枯荣，是花草淡忘于季度的自我超度。

狗尾草

　　这是一根毛茸茸的种子，它使故乡的田野荡漾起来。它说，只需一方寸土地，只需一场毛毛春雨，就会长出一处绿意。

　　狗尾草，季节穿过了它的纤维，露水在它草尖上滚动，它鼓起成长的勇气。根，扎进了土地，不畏贫瘠。

　　嫩芽已成长狗尾草，就在这条狭长的田梗上。它一次次地被踩在脚下，又一次次顽强地伸直腰骨。

　　稻田已成为一幅彩画，田埂宛若一条条画框。狗尾草与伙伴们站成一排风景，装饰着这田园画框，装饰着作家的文字，装饰着画家的笔墨、装饰着摄影家的镜头，也装点着我们惬意的童年。

　　一支支狗尾巴正拔节生出，却还是那一副毛茸茸的模样，在风中调皮地摇曳。

　　狗尾草说，这是一条神秘的尾巴，只要轻轻一摆，便会在明年的春天长出无数的童话。

阳台有株桂花

阳台的花盆里长着一株桂花，它枝干很清瘦叶子很娇弱。花盆缺乏地气，它却依然惬意地生长，尽管它已预知自己终无法长成参天大树。

八月才是桂花最爱飘香的时节。阳台桂花的花期却总是不期而至。它不问秋冬，在那干瘪的枝头，硬是不时挤出几粒芬芳。这份坚持实在令人怜爱有加。

缕缕的幽香是一股难于婉拒的力量，那花香从阳台随着清风飘进了客厅，淡雅而销魂。

桂花不因我的喜好而特意让花眼睁大点，春去秋来，还是那些许的清香，在我不经意的时候悄然而至。

含羞草

记忆中的含羞草，总是生长在野道荒郊。越是无人眷顾，越是枝蔓菁菁。没有人世的滋扰，她天天和太阳与月亮凝望，任日月的光华洒进心里，将碧绿送给大地。

此时的含羞草非常奔放，她不须以刻意的抚脸垂头，来掩饰自己的寂寥，她活在自己世界里，用坦然的方式，展示自己的气质涵养。

毛绒绒的花，无论是白色还是粉色，都是留给姑娘们的发夹。这是夏季的表情，含羞草正纵情地表达着对夏天的热爱。站在面前，我看到的含羞草是那样的娟秀，每朵花都楚楚动人，让人怜爱，也令人释怀。

孔雀的羽毛其实与含羞草的叶子很像，张开彩翎的孔雀，会在别人赞美的时候将翅膀强加伸展，膨胀得如搭上了羽箭的满弓。此时的含羞草，却爱闭上羞涩的小脸，将自己的身段低垂在爱人的跟前，仿佛怀春少女，躲开少男的目光。她非常渴望抚摸，内心是如此热切，她刚刚眯上的眼睛，却又不经意地张开，带着些许的俏皮。

柔情就在那一张一合之间。

一叶莲

　　你把根扎进水里。几条娇嫩的根丝，像腮帮，摆动着水长的绿意。

　　瓶里没有风，可以听到我的呼吸。闭合之间，是一种无言的赞许。

　　一叶莲是我笔端流出的一滴绿墨，只用瓢勺之水，便优雅地债张，盈而不溢。

　　它镶刻在水面上，展示婉约的风骨和素色的宁静。根，因为生长而游荡。

　　不大的瓶子是一叶莲的家，也像我的家。从农村到陌生的城市，我们都曾像一叶莲。

　　有了根，风姿绰约的身段里才有一颗勾魂的心。

凤凰花

南方，盛夏。城市或者村庄，我的视线到处飞翔着凤凰花。花色很单调，却很耀眼。

传说中的凤凰远行了，掉下的几片带血羽毛，已长成了叶子的模样。叶子在树枝上舒展，风尘洗过，自由如命运女神的血液旋动。

凤凰血涂染过的凤凰花就是这样的红彤彤。肆意的红艳爬满一条条枝头，一簇又一簇，滚烫如夏日的阳光。

我来到了凤凰树下，让眼睛装满红绿渲染的画色。花瓣已洒了一地，如火花溅落。七月的南方，人们盛行欣赏落英飘零，无数灿烂和离愁在离开根的时候正腐蚀自己。

此时，我看到铺天盖地的诗情，像一支支红色的火把，瞬间点亮。

木棉花落

三月的木棉花开得实在灿烂，那一树的橙红，一簇簇的，一团团的，没有叶子的掩饰，显得更加豪放更加舒畅。

三月却也是木棉花飘落的季节。它撒了一地，一朵，又一朵，把车印和脚印都染红一片。

其实很少人在意这一地的落英，连鸟儿也更眷恋枝头的那朵朵红意。因为春天是挂在树上的，鸟儿只面对春天歌唱。在蒙蒙的烟雨中，落地的木棉花铺设了一路的景色，它默默地渲染着一张张相片、一段段视频、一支支画笔。这是一幅不可或缺的背景，火得出奇，火得温暖。

南方的木棉花，它凋谢了，但它却没有向春天告别，它说，我已化作春泥，我只是临时走开。

一朵花，就是一粒春泥，在来年，它又与春天一起挂上枝头。

荷花怀孕了

洪湖公园的荷花怀孕了，她的孕期总与夏日不期而遇。

一张张绿叶涨开鲜活的脸，众星伴月般围拢在她的周围，她娇羞的脸，更显圆润。

怀孕的荷花在荷塘里踮脚张望，好似穿上高跟鞋的女人。这是一个属于她的季节，她要向整个荷塘传递身怀兰梦的消息。

人们闻讯来了，争相观望着。扑脸的热情与夏天的高温一起沸腾。

荷花成为明星，娇滴滴地站在荷塘中，与人们对视着。闪动的相机，记录每一个精彩时刻。

人群中那朵朵笑容在荷塘边，恰似那荷的脸。当一个微笑收起，又有一朵惬意绽放。

笑容将装满荷花的孕期，装满一个漫长的夏季。

簕杜鹃

簕杜鹃又开花了，一簇簇的，一丛丛的，装点着我们的城市。在微微的岸风里，它舒展着轻巧的身段，没有一丝的娇气。

有簕杜鹃的地方，就像一条紫色的、红色的河，就像一片紫色的、红色的海。它总是那么的热烈，不仅会渲染风景，更会渲染你的眼睛。

深圳，脚步匆匆。南来北往人们，正在这河里、海里顺潮而上。一张张脸，就像一张张鼓起的风帆，或春风写意，或愁云密布，或平淡如水。只是所有的眼光却总是抛向远方。

早起的白云正轻轻漫过这座年轻的城市。一夜未眠的簕杜鹃依然举着喇叭似的花瓣，昨天和今天其实并没有两样。这也是一座城市的表情。

簕杜鹃把花期标注每个季节，这或许是你心目中最平凡的花，它没有雍容华贵的气质，也没有亭亭玉立的神韵，你时时会把它淡忘。

静默的簕杜鹃总是站在你的身边，让你的世界万紫千红。

荷花开了

　　洪湖公园的荷花又开了，一年一期，如约而来。

　　它或飞眼传情，或闭目塞听，以桃红色的语言，在翠碧的荷塘中演绎起一场情感大戏。夏天就是荷花的春季，因此便有无限的春意在炎夏中传续。

　　湖边站满了赏花的人们，一部部相机，寻觅着，拍摄着，记录着。一些拍照人被装进别人的相册，成为另一处风景。

　　荷香在荷塘荡漾着，斑斓迷离。这满满一塘荷花，看到的或许并不是最美的一朵，但已是眼前最动心的一朵。笑容，总常在不经意间收获。

　　荷花在塘中站成了焦点，人们赞它出淤泥而不染，赞它濯清涟而不妖，已鲜有人注意到，那圆圆的绿叶，那长长的叶柄，还有那藏在泥土中的根茎，才是土地的元素。荷花的雅香正是孕育于泥土的芬芳。

　　花容年年相似，去年和今年，看花的人或许不同了，看花的心情或许不同了，只有荷花依然挺着清纯的叶子，像人类的挽歌。

第三部分

城市，一封给时间的信

晨练时间（组章）

晨练时间

昆虫已无法自由鸣唱。每阵由远及近的脚步声，都以为是为它们而来。

我在公园内快步。一阵阵旋律正不断地变换着节奏，轮流跳跃于我的耳鼓。

现在是晨练时间。广场舞、跑步、武术在公园的各个位置，生动地唱着主角。

鸟语，隐匿于不知名的树叶下。一对新婚夫妇，正随着拉丁舞的节奏，蹁跹起舞，缱绻相缠。

汗水，是悬在额头的晨露。

满园春色

春天被圈养在这座南方的公园里。一年四季，总有花草被春风灌醉。

醉倒的花瓣，醉卧路上，醉了路人。

每朵开放的花都如此勤奋绽放。此时，别去打听它们最后的消息。着地的那一刻，它们已在土地上留下声音。

　　公园的每棵树每朵花都因为缘份，与我们以不同的方式相遇。

广场舞

公园。有广场舞，就有狂欢。

各色的音乐，响彻草地、绿荫。曲子正顺着 U 盘的内存线条，从这边摇到了另一边。年轻人，你慢点舞，别用青春的快步闪着老人的腰。

树上，挂着一只红色的袋子，里面的早餐热气腾腾。每个胶袋的背后，站着多少颗减肥健美的梦想啊？

袋子上面，几片尚未落地的枯叶像泪珠一样伤心地挂在枝头，感慨着岁月的轮回。

中风老人

我在晨跑中第一次与他相遇，他正走在那段路。

我跑了一圈，他还走在那段路。

我又跑了一圈，他依然走在那段路。

一个中风老人，七十岁年龄，步履蹒跚，走着自己的节奏。

挂在他面前的小播放机，音乐摇摆。

他的晨练，练的是心。

无论我转了多少圈，他都在前面引路。

与老榕树交流

老榕树，站在公园内的小路边。

其实，它不到二十岁，比我年轻。他爱抚着长胡子，装饰沧桑。

我拼命假装少年，用轻健的步子，一次次与它擦肩而过。

运动的生命，在风中。

老榕树，摆手的方向，不是土地，就是天空。

我是一棵在山路上行走的树

一

山上人影飘流。宝安公园进入晚练时间。

山就是这样活动起来的。在山风洗过之时，无数音乐声、笑声、吆喝声此消彼长，在热腾腾的空气中，摇荡着。

路灯若隐若现，摇摇晃晃的灯火使劲敲打过来。此时，我看不清山的脸。树木演绎的表情，在夜色下总是那样凝重，我感觉到，整整一座山，都是月光的投影。

一个个面容穿行而过。脚步声，是他们的另一张面孔。我可从脚步中猜估他为何人，其实彼此并不相识。每天都有陌生的面孔闪过，又有熟悉的面孔消失。

路边。虫鸟，操着类似的叫声，却已不是昨天的那只。

我夹在人影中，还是昨天的我吗？

二

体育运动是一个潮流，所有的运动都如此。

我紧跟潮流，为此，我也来到宝安公园。脚步可以丈量长度，也可以测算命数。人只有走在路上，生命才有长度。有思想的脚步，轻盈，有力。

在我的前面，有一个小孩，他已走累，不愿意前行。父母诱导着，鼓励着，他又迈开了幼短的脚步。

潮流亦需引导的。有脚步声的潮流，让山有了缭绕的感觉。

三

野花还是生长在路边，它勤奋而真诚地张着一张张笑脸，不分昼夜。

"野草也有生命，请勿伤害它"的警示标语立在路边，非常显眼。这座山本来是树木的山，花草的山，如今却成了市民活动的乐园。警示，是人们对和谐的表白。

其实，自从有了公园，和谐已成烟云过眼。试图入眠的虫鸟，在我们的晚练时间，正辗转反侧。

一座山的生物钟正苦恼地修整着。

不知，今晚是否有虫鸟因此失眠？

四

　　花花绿绿的运动装是可以装点山色的。我想，在蓝天白云下，这样一座山地公园就应该是一棵树了，我们都可以成为树枝上的一朵花，或者红色的桃花，或者黄色的桂花，或者紫色的桉叶藤。

　　每个人的心中都长着一棵树，花朵是理想的承载。有了汗水的浇灌，理想之花总会烂然开放。

　　但在这样的晚上，我走在山地公园的一条山路上。我是一棵行走的、会说话的树吗？我已无法生长于悬崖峭壁。在环山路，我行走着，有坚定的脚步声正装饰着我的婆娑。土地，掌声响彻。

父亲的菜篮子

老家的五分自留地，花开正旺，瓜菜成畦。一把锄头，一支画笔，一瓢清水，一园墨香，滋润着一户农家朴素的时光。

父亲的菜篮子就是这样的鲜嫩水灵。春天茄子的蓝，让人想到夏天胡萝卜的橙，夏天西红柿的红，让人想到秋天玉米的黄，秋天山药的白，让人想到冬天香菜的绿。父亲守着土地，陪着岁月，边走边老，他每一个富足的笑容，都有着菜花般的灿烂。

七十岁的父亲跟随我进了城。菜园子留在故乡，他却不忘菜篮子。不远处的宝安五区市场，像他当年的自留地，忙碌着他的每个清晨。他用皱纹掩饰的眼睛，巡检着每一个菜摊，寻找与季节一起生发的植物，激情讨论每一个鲜甜香脆的细节。年轻的蔬菜让苍老的父亲精神焕发。

离开故乡的父亲，用这种方式继续与土地打着交道。如水的日子回旋着简单、透明的味道。真诚感谢每一把从父亲菜篮子里出来的蔬菜，它像一种弥漫着清香的信仰，一回回温暖着我们的家，这温度里有亲情，更有传承的力量。

一只菜篮子，父亲用一辈子拎着，装载着柴米油盐，装载着全家的温饱和健康，也装载着始终如一的担当。

的士司机的夜

时间是铺在心里的路，顺着灯光缓缓流淌。

在路上，不忙乱。有灯光，更温暖。

铁皮包围的车厢是一个移动的家，承载着的士司机的青春岁月及柴米油盐，像尘埃一样奔忙。有家的地方，就有梦想。

其实，夜色下的路上，一片片落叶也在街道的两边悄无声息地亡命奔跑。只因它们没有家，才不知最后的去处。

满天的星星点缀夜空，像标点，记录着计程车的行程。夜色里藏匿的内容，需要用心领悟。

一个的士司机的夜晚，带着一双鹰一样的眼睛，在行走中守候着。在守候中暖和生活。

宝安107国道

月儿挂上了夜幕，宝安107国道灯火鲜艳通亮。

长长的车灯爬满路面，是夜色下绽放的阳光，从一辆车晒到另一辆车，从宝安107国道的这一头晒到另一头。车灯罩射出的光亮，如利箭一样，锁定了车辆的走向。

我是沿着簕杜鹃延伸的方向过来的。从南头及松岗，短短的32公里，足以丈量特区的每一个理想。红红的簕杜鹃，是深圳的市花，它纵情地在107国道开满一路，就希望每台路过的车辆及所装载的灵魂都得到温暖。

道路是城市的触角，挑逗着城市行走的步伐。高架桥，一次次将速度垫高。奔跑的车河，萌生着持久的力量。这流淌着的"沙沙"声，你别想追上，满满一条河，传递的都是脚步声。车轮的后浪推动着前浪，此时，不能停，停不了，一旦停下，必被滚滚的车浪淹没。

有一年，宝安一半分二，变成了宝安和龙岗；又接着，宝安一分为三，变成宝安、光明、龙华。107国道依然故我，道路的两侧，一边往南，一边向北，任由车流紧张流淌。

我们踩着前人的路，行走在107国道，特区的历史一年比一年垫高了路基。国道上的脚印，被一张张蓝图填满。

有思想的107国道，说要往河源、往汕尾行走，去远方。

地 铁

地铁已习惯了隧洞中的行走。

无论白天黑夜，它的脚步都沐浴着灯光的暖意。心中有灯，便有温暖。每辆行走的地铁，与灯同行。

我花了三块钱，刷卡上车，像搬家的蚂蚁，行色匆忙。安静的车厢里人影绰绰。灯光下，无数的手在手机屏幕上刷动着，表情冷静。

灯外，隐隐约约的影子晃悠斑驳，或许有夜游的灵魂相随。地铁的行程没有白天黑夜，只有相约。

交通更为轻便，日子却已无法静好。

傍晚时分，我家乡的小路开始眠梦。城市的土地，无论是地面地下，都注定难于入眠。

公交站台

站台或左或右，都是河。因车成河。

每天无数的面孔从河边的码头流过。前面扬起无数的尘埃，像飞扬的水花，每一粒都带走一阵脚步声。

站台站在河边，见惯了形形色色的等待和别离，它知道，这人丛中夹杂的每一次挥手，或许都在准备下一次的重逢。如同站台前的榕树，自从移植此地，它就惯看车流，以及秋月春风，只管拼命垂根长叶。

城市的站台经常变换样子，其实都是遮风挡雨的。眼前所有的喧嚷以及车水马龙，与它无关。

站台无数，有人把它当终点，有人把它当起点，它终归只是他人旅程上的一个符号。

行走在前进路

前进路每天都铺陈在我的视线，先是由北到南，后是由南及北。

路面笔直如尺。单位和家，因此两点成了一线。

一条前进路，我行走了二十年，像一条赶潮的鱼，潮起而来，潮落而归。有时顶着晨曦，有时背回夕阳。

有初来宝安的朋友跟说我，前进路是宝安最美的路，一路花香扑鼻，偶尔还有鸟鸣虫语，短短一条路，都是风景。

看着飘浮于城市之上的小鸟，以及小鸟背后的蓝天，我却满脑子尽是红绿灯之间的距离。红灯停，绿灯行，一段一个，不远不近。

前进路上，总是影子重叠着影子。

全程五公里的路串起的，除了花草树木、高楼大厦、碧瓦朱檐、嫣红姹紫，还有发薪、房子按揭以及各类缴费的时间。

我是一尾在客厅摇摆的鱼

夜深。万籁俱寂。一群热带小鱼，在客厅的鱼缸中快意游荡。它们或排成一列或站成一行，悠然自若地在行走中谈论生活，交流感情。鱼缸是它们的房子，鱼缸放在我家，我的房子也成了它们的房子吗？

鱼缸里抽水马达保持着同样的姿势，没日没夜地抽了一年多，一条带着水藻的排水管从鱼缸的这头伸到了鱼缸的另一头，试图营造一股股热带洋流。水波如梵音，浩浩荡荡。

养在鱼缸里的热带小鱼，没有几条见过大海。鱼缸里潺潺的流水，也许也是它们见过的最大激流。它们迎着每一波水流，翔行着，轻巧的鱼翅越看越像冲浪的滑板。

没有风，鱼缸漾动着轻淡的水纹。马达声继续演绎着夜的呼吸。

我慢慢靠近鱼缸，表情静默。两条红尾巴小鱼透过玻璃盯着我，眼光如炬，它们吹着气泡，满嘴密码。

我成为一尾在客厅摇摆的鱼。

活 着

一株草，长在老屋的墙角。

在干瘦的砖缝间，些许的泥土，喂养着它一季又一季的枯荣。

风中，雨中，阳光下，无数的眼光里。冷暖自知。

每年春节，我从他乡回来看它，都在不经意间添了一份牵挂。

其实，一个普通个体的前程，卑微却无需悲悯。一方水土，一寸长成，一世挣扎，与别人无关。

在异乡，我也是这样活着。

第四部分

羁旅，一枚通往彼岸的船票

我站在天山之巅

一

我站在天山之巅，一股股湿润的暖意正从远方的大西洋飘来，它们跨过万水千山，已显惫态。

激情却依然一次又一次地印上天山的脸，赛里木湖的上空，无数的诗情像泪水一样挥挥洒洒。

大西洋最后的一滴眼泪，也是热泪，每一次的触景生情，都会潸然泪下。

二

我站在天山之巅，赛里木湖正构筑着处处生动的风景。

泪珠在山野发了芽，泛了青，惬意地扬着芬芳。

一个个特色景区在这里落地，原生态的画色，贴上每一位访客的心。

几千年前的冰川，与你远远对坐，它的语言已化为赛里木湖的湖水，每一句都很清脆。

沉淀的时光需要安静，这也是大自然的规律。

三

我站在天山之巅，期待山间泽地传出的每一声啾鸣都是快乐的传递。

远处传来最新消息，无数的天鹅正改变航向，千里迢迢前来报到。他们将在这里建设一个名为"净海"的村庄。

祥和的赛里木湖，因每一只天鹅和候鸟的到来更加鲜活。

候鸟正为赛里木湖代言，天鹅掠水的每一个情节，都足以触人心弦。

四

我站在天山之巅，无数的高白鲑、凹目白鲑正向我翘首仰望。

它们从俄罗斯迁居这里，已用时间洗涤风尘。

每一只高白鲑、凹目白鲑都是赛里木湖的原住民，这里就是它们的故乡。

所有故乡的水都是泪水，粒粒像珍珠一样清透。

一方清透的湖水，喂养着鱼儿们的品质生活。

五

　　我站在天山之巅，两边绵绵不绝的山脉，就是一双伸展有力的手，包容万物，异常温暖。

　　阳光正耕耘着雪地。赛里木湖边冰冷的雪景，是有温度的。潺潺流动的雪片，铺天盖地，萌发无尽的春意。

　　赛里木湖被端在眼前，传说湖里还饲养着一头鲸鱼，这是赛里木湖宠物，但只有高瞻远瞩的人才有幸一睹它的风采。

　　天空很蓝，犹如一盆倒立的湖水。

　　路过的几朵祥云像岸上奔腾的骏马，高高地扬动着那缕飘逸的尾巴。

雷州访古（组章）

西　湖

只因苏轼的宋词喂养过这一方湖水。雷州西湖，成为接待名士的驿站。

清瘦的西风一路陪伴瘦马，从中原出发，向南而来。悲悯，沿途散落。

古雷州不盛产贤士，但这里的水质可泡热茶。每一杯上乘的醇香，都足以让一颗疲惫的灵魂得到温暖。一杯、二杯、十杯，雷州人说，喝下，就是自己人。

沃野千里的雷阳大地，可以装载失落的情怀，可以安放沉重的诗词。就这样，诗长成西湖的岸柳，词化为湖面上的浮莲。

莲叶还是那样翠碧，荷花还是那样艳红。九百年后的西湖，还是苏氏兄弟泛舟的那汪湖水吗？清风下的垂柳，蘸着满满一湖水，一笔一划在湖面上记录着，向文明鞠躬致敬。

所有的瘦马都是带着风尘而去的，背来的文明和佳话已悉数留下，存放在古城的大街小巷。

西湖，有一座十贤祠，十个名为寇准、苏轼、苏辙、秦观、李纲、赵鼎、李邕、王岩叟、胡铨、任伯雨的雷州人，在这被虔诚供奉，香火不断。

三元启秀塔

天南一柱。三元及第。登高望远。

三元启秀塔，一个供养梦想的地方。

当年塔基挖到的三只蛇蛋，依然收藏塔底。一贴启发文风，培育俊秀的纸符，张贴塔门，一贴已是四百年。

世间往事舞翩跹，只有这景色依然不变。

今天，我就为看景而来。我要攀登57米的阶路，看57米的景致。我面朝南海，看碧海波恬，感受"芳洲雁侣随来去，远浦渔歌任抑扬"；我俯瞰稻田，眺看万顷连云，听东西洋蛙声一片；我瞭望一龙烟绕，为祖辈战天斗地的汗水点赞。

塔周围的城墙，其实只是一具模型，历史都是后人从银河摘下供自己欣赏的几颗流星。

我要真诚感谢像兵马俑一样的石狗，它们表情朴素，一路守卫雷州，至今又集体藏身于塔侧的博物馆，继续穿越时光，捍卫古城的荣耀。

雷祖祠

人都是要死的，传说中的神人也是人，因此都有山塌水竭人亡的一天。

雷祖祠，一座始建于唐贞观十六年的祠堂，只因是为陈文玉而建，至今香火不灭。

陈文玉，雷州的第一个偶像。

我去看陈文玉的那天，他端雅地坐在高高的座殿。一千多年来，他都保持着一样的姿势一样的表情，守着农田、村落，守着这块天、这片海、这阵雷、这场雨，以及这如蚁般出入于祠堂的人流，他希望继续庇佑自己的每一个子民安居乐业。

我一路收拾早被时光吹落的俚语，这曾为陈文玉所熟知的语言，现在已潜入土地，融入溪流。他治下的黎、瑶、壮、察、侗、苗、汉各个族群，现在都住进我的雷州村落，说着同样的雷州话。

雷祖祠里，赞誉无数。寇准有诗，东坡有赋，丁谓作记，李纲题碑，乾隆御匾，但再多的，也不及人民的铭记。

英榜山下，我向雷祖祠，向陈文玉致敬，只为他造福一方的灵魂能在时光中穿梭千年。

天宁寺

天宁寺，一座千年古刹，敲击着一千年前的木鱼。

高官名士，白丁布衣，曾以同样的姿势，一代接着一代，鱼贯穿越山门，祈求多福，探听前程。

握住香火的手，都有热度。但愿点燃的每一炷香，每根烛光都能看清佛祖的脸。

心即为佛。这时，无数的灵魂正在寻求安生，别把寺门关紧，留出一线细细的光线，都是佛光闪现，拥抱众生。

在苏轼题写的"万山第一"石匾下，我希望在此寻找到历代贬官的足印。

那是九百多年前的中华大地，彼时，北方正在下雪。但南方的雷阳大地，阳光正在方丈室煮沸一壶壶茶水。此地一为别，天涯共此时。

每一炷香都是点在心里的，只要心胸建有庙堂。

天宁寺，香火中禅意激情恍惚。

二公祠

山高水长，冷暖江湖。

国家历史文化名城雷州，一座二公祠，放置着两把秤。一把衡量清廉，一把丈量胸怀。

灵魂都是顺着岁月的沧桑扬长而去的。心碑却可以竖立于深处。

二公祠，我颂读着。陈瑸，在福建古田、台湾、福建、闽浙为官一任，守住清贫，爱民如子，誉明清岭南三大清官之一，康熙赐匾嘉奖。陈观楼，乾隆年大学者，学富九车，面对乡梓，曾书示村民"有千年禄切，无百年观楼"。

史书的厚度实际是人的厚度。人，只有自己站成山的样子，别人才会当你是一座山。

南珠璀璨夺目。二公祠内外，清者自清，浊者自浊。

弯 弓

神弓射箭眼，一箭定辽东。

　　　　——题记

　　定军山下，偃旗息鼓。矫健的白龙驹，一匹久经沙场的战马呼啸而至。

　　刀枪已入库，将军只带一张弓、一支箭和一本滚瓜烂熟的《孙子兵法》。他要用利箭，射灭烽火，射散硝烟，射下一大片河山。

　　箭已在弦，弓张意满。四十里外的凤凰山成为靶子。一个用石头演绎的传说，从这里启程，直奔鸭绿江而去。

　　孙子曰：百战百胜，非善之善者也；不战而屈人之兵，善之善者也。将军薛仁贵一支箭，铸造一批威震辽东的神兵。

　　箭眼是历史的痕迹。凛冽的北风用一千三百年的时光，一遍又一遍为凤凰山清洗伤口。

　　白龙驹没有远去，它踏在神马峰上，昂首张望。别试图追踪一支射出的箭，别想着从风的走向寻觅箭的轨迹。风卷起的尘土已隔断它的归路。

　　江河东去，百川归海。

　　凤凰山上，风和日丽。我像一块石头，伫立于箭眼峰，看一只自由的小鸟，正若无其事地从箭眼穿行而去。

游轮行走在大洋之上（组章）

游轮行走在大洋之上

行走在水天一色的大洋之上，不管是巨型游轮，抑或小渔船，都是云朵下一只漂浮的盒子。

各色的思想在船舱里尽情地翻滚着，喧嚷着。

每一个灵魂都有自己的去向，由此及彼的航向却已被提前锁定。

行走在大洋之上，游轮，慢悠悠的脚步。一步跨出去，又一步跨出去，尽管都有清晰的脚印，但很快又被海风抚平。大洋之上的路，被再多人踏过，都是新路。

行走在大洋之上，游轮总是不甘寂寞，各色的音调纷纷扬扬，伴随着整个旅程。无数的鱼儿与游客隔墙相望，一路同行。在它们的心中，再大的游轮，也是一条游动在大洋里的鱼。

海面，心平如镜，安静地记录着鱼儿的倒影。

海　鸥

成群结队的海鸥从远处迎了上来，它们或盘旋于船弦，或穿行于船梢。一张张翅膀，在空中热烈地挥动着，这是家人的手。

港内的船来来往往，面孔总在不断变换。海鸥是这块码头的主人，此情此景已是司空见惯。它的声音已经嘶哑，但不影响它的激情。我突然想起少年时学校的锣鼓队，那时都是用声音来为客人接风洗尘的。

船靠岸的表情非常相像，需要贴着土地，锚绳看起来更像一条大血管，连着船体，又连着灵魂。

岸沿的海鸥是飘飞的灯塔，虽然扑朔迷离，却总在引领着远方的目光。

听 浪

海面一望无际，细波如鳞。

天空的影子浮满水面，云朵在水底欢快地游动着，与我们背向而去。此时，我只想听浪，认真倾听大海的语言。

船头正急促地划过海面，浪花四射，传唱着一闪一闪的诗篇。这时的海面非常期待冲动的海风，浪花上跳跃着冲动的激情，虽然短暂，却是触人心弦。

　　夜晚，时间凝固，如此安静的海面，有时耳朵比眼睛更能看清声音。

　　不信，你睡下来，在如摇篮般的床上，把涛声装进心里，自有无数的浪花飞进梦乡。

锚

这是一只见过无数风浪的手，总是那样的坚定，那样的有力。在到岸的那一刻，它紧紧抓住了土地。远行的路上，灵魂得到休养生息。

船因海而生。这是梦的承载。心存梦想的船只，会在从此岸到达彼岸之时，一次次把海唤醒，把海路犁开。

码头总是船的家，远行的船都需要土地的温暖，需要家的力量。当一只锚从土地上松手，它必定又在风帆上写上新的理想。

锚总是这样一次次与岸邂逅，又一次次决意挥别。

它挥起的是船的手，也是水手的手。

有锚的船，常在路上。漂泊总是过程，重逢才是它的毕生所求。

在一个叫隔岸的深圳村庄（组章）

宗族的符号

它原本叫隔岸。一个隔着珠江，可以眺望故园的深圳村庄。

它现在叫甲岸。它留在城市中央，村边已没了珠江，因为贴着土地，接着地气，改了名字，但还是村庄。

甲岸的周围有不息的车流，装载着城市的理想和生活，浩浩荡荡。门前的107国道湍湍流淌。河道两边狂长的高楼，直耸云天。城市里眼睛所及尽是门窗，有人在闭上一扇窗，有人在打开一扇门。

甲岸是一个黄姓村庄。黄氏祖先，600年前从珠江西岸的中山迁徙至此开基立村，用这里的一寸寸土地，喂养六畜，喂养每一个家庭。

这里所有的老屋都曾养育过梦想，一代接着一代，梦成了，走了，梦灭了，也走了。

岁月像打进窗棂的阳光，总是无法停留，曾经走过，却没了踪迹。只有村庄纹丝不动，连村口门楼上的大字都还是叫隔岸。这是村子的符号，也是宗族的定力。

华光庇佑隔岸

农历九月二十八，叫华光诞。500 多年的华光庙，端坐着华光大帝，一个村子的偶像。

庙宇的一砖一瓦，写满沧桑。每一代人的期待却充满新意。

安详的华光帝倾听着，不露声色。他用同样的表情打量着村子里每一代的每一个崇拜者。只有一个衷心庇佑村子的图腾，才能如此见证村子的每一段时光，包括它的愉悦和哀伤。庙堂里闪烁昏黄的灯色，暖意弥漫。每一炷点在心里的香火，都长着眼睛。烟气伸长如伞，所达之处，都是神灵蛰伏之所。

一年一度的庙会可以铺展整年的乡情。大戏是给华光帝看的，却需要村民一并捧场，大盘菜已无新样，每年都可以吃出新味道，皆因一桌一盘一村一人家。

庙在村在，盘圆人和。人神同乐的隔岸村处处表现出村庄的性格。

霓虹灯下的梦想

这里曾经沃野数千亩，茂发着强壮的庄稼，成长着水灵的鸟虫。

改革开放之初，隔岸人将一畦畦田地交给了国家，种起商品楼、工厂和写字楼，长出一个新的新安城。

城市已是华灯璀璨、车水马龙、灯红酒绿，叫村子的隔岸村未曾停止梦想。三十年余载，他们踩准节奏，沐着春风，沿着时光的流向步步前行。

现在的隔岸村手中握着两张蓝图，一张谋划产业，一张规划村貌。土地有限，但足以培植更好的未来，栖息更大的理想。

隔岸，一个朴素的深圳村庄，因为有梦想，它的传承更有力量。

攀枝花，那一路绽放的攀枝花

一

因为一朵花，我记住一座城。

因为一座城，我熟知一种花。

此时，正逢阳春三月。在一个叫攀枝花的城市，无数的攀枝花正激情绽放。那一树的橙红，一簇连着一簇，一团抱着一团，豪放而舒畅。

风儿驻足枝头，游人止步树下，花朵敞开心胸，都期待以自己的方式与深邃的蓝天对话。

城里的每棵树每朵花都因为缘分，与我们相逢。

攀枝花也是穿越时光，从西土印度，跨山涉水，辗转而来。如同这座城市里的众多面孔，在那年那月顺着呼声，从四面八方汇聚。

这是一座以花为名片的城市。三月花期拥挤，花色烂漫，草长莺飞，每一阵从你旁边路过的风都涂抹了颜色。我却最在意这硕大如杯的花盏。

每朵开放的花，都住着一个梦想。

攀枝花，一座城市的梦想。

二

一地的落英，不仅把来往的车轮和足迹染得通红，连相片、视频、画笔，都红得温暖。

每朵开放的花都是对春天的表白，如此热烈的文字，定然写满告别的诗句。别去打听每朵攀枝花的最后消息，着地的那一刻，土地上已留下声音。

花期，季节的广告语。花因春天而开，又因春天而落，花开花落，犹如晨钟暮鼓，如此陪伴时光穿梭。

在这座常常开放着攀枝花的城市，我认识无数攀枝花。它们都是这样埋进土地，变为肥料，喂养理想。所有远去的脚印，是一架铺在地上的天梯。

夏日要来了。花枝上尚有几朵残红，这是季节即将吹灭的灯火。礼赞，最顽强的一朵灯火。

枝头，风已起。白色的花絮，装载种子，在风中起舞。

三

该开花时，就认认真真地绽放，该长叶时，就追求持久的绿意。每棵攀枝花，都有信仰，它们长得勤奋又真诚。

攀枝花的青春都是从落花时节开始的。繁茂，一回回在枝头拔节，清灵似眸。

就是冬日划过秃枝的时刻，没了花的繁衍，没了叶的写意，你也不必心生惆怅。因为时光流逝，岁月斑驳，再厚重的生命，都只是风中的一片落叶。曾经红过，绿过，后来黄了，最后都终归于尘土。

别试图去扶起跌倒的落叶，你扶不起一个季节。每一片叶子都有自己的轮回，应该让它归乡入土。

再见。再见，就有二月春风。

四

雅砻江和金沙江激情交合。山高水长，浪涌花开。

1965年3月4日，一棵攀枝花种进攀西裂谷，开出了铁花、钢花、钒花、钛花。这里从此花香四季，霁月光风，光华夺目，尽显芳华。

理想，因此升腾。

别管它来自何方，别管它曾叫英雄树、莫连、红茉莉、木棉树，还是红棉树，来到这里，都叫攀枝花。

每一寸土地，哪怕是悬崖峭壁，都足以喂养一个梦想。

攀枝花枝下，任由梦想落地生根。

我将成为一棵攀枝花。希望明年，能以蓝天为背影，展示飘逸的风度和炽烈的红意。

在雷阳大地，

他用二十天穿越千年（组章）

止 酒

从今东坡室，不立杜康祀。

宋·苏轼《和陶＜止酒＞并引》

惠州西湖边的春光曾经如此阑珊，现在却再添忧伤。

苏轼走了。带着《雨中花慢》《悼朝云》等诗句，告别惠州西湖孤山下一方孤墓中的爱人，向西而去。

苏轼和苏辙再度相聚。在一个叫雷州的地方，在一座叫罗湖的湖面上，兄弟俩人促膝谈心。任南方的风吹过天空，吹过岸柳，吹过平静如镜的湖面。任风吹着风，透明掩过透明，珍重重叠珍重。

无所畏惧的美意和醇馥幽郁的美酒，都浸泡着雷阳大地爱贤敬贤的诚意。雷州盛产雷声，干枯的雷鸣，是一片深情的告白，可以灼红土地，也能抚热一颗惆怅的心。

天宁寺，一座建于唐代的名刹。这里没有酒，却已备好上乘的香茶。光阴就泡在茶壶中，每一杯都可以品味真情。山门前的"万山第一"，就是这样蘸着清净的醇香写出来的。每一滴墨迹都丰腴、舒展而轻重错落。一杯热茶，即可成就一段佳话。

雷州。六天。苏轼醉了。他是带着醉意奔隔海相望的海南儋州而去的。

他的行囊已被弟弟的嘱咐装满。酒可醉人，也会杀人。苏辙的一首《止酒》，容不下酒后失言，也容不下一路风尘。

东　亭

谁道茅檐劣容膝，海天风雨看纷披。

宋·苏轼《东亭》

琼州海峡风高浪急，雷州儋州相距数百里。

这只是一首诗的距离。

苏辙的东楼和东亭，一砖一瓦，一台一柱，无论寂静或喧嚣，都已见过风雨，因此便也添了从容。

"长歌自罔真堪笑，底处人间是所欣。"

"谁道茅檐劣容膝，海天风雨看纷披。"

兄弟，彼此珍重吧！彩虹的一端连着天堂，一端连着地狱，表面上的七色，其实是七七四十九道磨难。

弟弟在雷州所写的每首诗，兄长在儋州都有次韵相和。一份赞赏、一份豁达、一份豪放、一份随遇而安，在纸上，更在心里。

南方荒蛮之地，本不需要择地而居，暴风骤雨来临之时，总有松针椰叶在檐下招展。

眼如桃花，只因心中植遍桃林。

古城雷州的一景一物，在时光中次第。东楼和东亭早已荒颓。《东亭》和《次韵子由〈东楼〉诗》却依然鲜活。

渡　海

九死南荒吾不恨，兹游奇绝冠平生。

宋·苏轼《六月二十日夜渡海》

今天正值良辰，所有的愉悦都可以吐蕊，绽放。

这是 1100 年 6 月的一天。一叶轻舟从海南澄迈启帆，往徐闻而来。

苏轼北归了。岛上三年，所有坚定的行走，足以表达穿透的力量，以及初心的清高孤寂。

香火缭绕。他跪在伏波将军的灵像前，以一篇《伏波庙记》表达心迹。感谢风顺、感谢海平、感谢上苍的眷顾。

满目的葱翠装饰着一路浩荡的风尘，一路同行的风，摩挲着，每一阵柔软，都直逼心脾。这是岁月这把筛子一遍遍淘洗的情感。告诉雷州城，他又来了。苏门的秦观已在雷州城里备好酒菜，等待他的到来。

月色浮满酒杯，他满杯而下。酒瓶醉倒了一地，他还在举着杯。雷州城见证着一名耳顺老人的快乐时光。

今夜，床前有一纸明月，洁白如雪。

苏轼说，他已经好久没看过北方的雪了。

归　路

林下对床听夜雨，静无灯火照凄凉。

宋·苏轼《雨夜宿净行院》

雨，飘洒的文字，洒了一地，其实是下在耳朵里。

雷州城 40 里处的遂溪兴廉村，因为一场雨，与一代文豪书圣结缘。

这是兴廉村最期待的一场及时雨，每次落地，都有诗句溅起，每下一天，都有一首佳作芬芳人间。苏轼说，每滴雨都将入土为安。

感谢这场雨给兴廉村留下《自雷适廉宿于兴廉村净行院》《雨夜宿净行院》，让这里有了文明书院，有了文化传递的福地。

乡民陈梦英获赠的汉石渠墨砚已成兴廉村的镇村之宝。这或许只是一块见证友谊的普通砚石，因为有了魂魄，便获永生。

苏轼真的走了。只因景仰，罗湖改名西湖，西湖边上有了苏公亭，天宁寺里有了怀坡堂，雷州的祠堂庙宇里多了一个叫苏东坡的神明。

雷州。两次遇见。二十天。

一个脚步声却在雷阳大地穿越千年。

普安，无数的茶叶偎依沧桑

阳光很温和，轻轻散落在乌蒙山区。普安，中国古茶树之乡，此刻正弥漫着丰盈的茶香。

四球古茶树，时空古远，在此落户安家。辽阔山坡高地上，两万棵古茶树，在三千棵千载老树的指挥下，站成了战士的模样，组建地球上最强大的古茶树兵团，为健康生活站岗。它们说，一百万年前祖辈便生于斯长于斯，一枚世界仅有的古茶仔化石上，写满了它们家族传承的历史。

我坐在遒劲的茶树下，平静地与它对话。无数茶叶正偎依着沧桑的树枝，舒畅年轻的身段。每一片茶叶都有自己的理想，萎凋、揉捻、发酵、干燥都是成就自我的人生修炼，最终，它们将欢快地跳进茶壶，喂养喜爱它的人。

外形肥硕的普安红，每一粒都芽毫显露，红艳的茶水展示着浓醇甘甜的本色，我从一只茶杯畅游到另一只茶杯。品茶，让如水的日子有了更简单、透明的味道。我希望在古质的茶色中，可以品出普安的阳光和雨露，品出普安的月色和星光，品出普安的光荣和梦想，也品出茶农汗水中沉浸的愉悦和忧伤。

四球古茶树是普安的脸谱，越老越是气质非凡。比春风先到的，是四球古茶树的诚信。立春前，华夏大地的采茶歌从这里最先唱响。此时，普安红最是芬芳和热烈，它期待与你在古茶树下尽情邂逅，来一场缠绵的约会。

我所认识的四球古茶树会走路，也会唱歌，茶叶是它们的脚印，马鸣是它们的歌声。沿着六百年前的茶马古道，穿越于时光隧道，你定会看到，无数的醇香绵绵不绝，扬尘远行。

沙井蚝，与珠江共枕千年涛声（组章）

与珠江共枕千年涛声

我知道梅尧臣，一个北宋诗人，缘于一首《食蚝》诗，里面的每个字都吟得如玉膏般乳白，像蚝，还有蚝的味道。

南来北往的食客，按图索骥，一代接着一代，跋山涉水，千里迢迢，深情探访，只为感受唇齿留香。

我眼前的珠江水，是行走的时间，它一路滔滔，固执南行。沙井，一座蚝乡，坚定地端坐在江头，享受阵阵徐来清风，用一千年打理散发蚝味的时光。

珠江口，江海交汇之地，南海潮汐和珠江清流此时正摩肩擦背，激情偾张。无数的沙井蚝唉喋着，寻找成长的灵感。

三千年前，沙井先人将栖息繁衍踪迹，隐匿于地表层的瓦瓦罐罐。

我从《新安志》知道了一千年前沙井人的"插竹养蚝"。从种蚝到列蚝、搬蚝、散蚝、开蚝，每一步都是智慧的传承。

合澜海，这里就是沙井蚝的故乡吧！别管它曾经叫靖康蚝，还是归靖蚝。

每只沙井蚝在珠江都是土著，它以蚝壳为摇篮，与珠江共枕千年不息的涛声。蚝壳张开的时刻，自有花朵般打开的声音，显摆嫩丽饱满的芳华。

每只沙井蚝都肩负使命

千年。一块关于蚝的招牌，悬挂在珠江口。声名随着江水，漂向大江南北，天涯海角。

珠江，中国南方最大的河流，因为培育沙井蚝，一次次被装进无数有黄土味、草原味的诗篇传唱。江水海潮的激情洗刷，泛动着肥沃的养分，这是沙井蚝的所爱。美味是一盏灯，有多香，就有多亮。

每只正统的沙井蚝皆有这样的人生阅历：福永附近河面出生，蛇口海面成长，合澜海长成。

我所认识的沙井蚝，都是如此个体肥壮，肉质嫩美。它们一代又一代，肩负传播美味佳肴的使命，以天然之色打动人心，穿透时光。

一年一度的金蚝节，请多给露面的沙井蚝留个影，发发微信朋友圈吧，你发出的每一个画面，都是对珠江、对沙井，对蚝农以及沙井蚝的最高敬意！

沙井蚝的异乡

每个人，哪怕鸟兽虫鱼花草树木，都有自己的故乡，也有行走中的异乡。

故乡常埋心里，异乡却是长在梦中。

沙井蚝，一只有梦想的蚝，在上世纪八、九十年代，已从故乡合澜海启程，拓展新的家园。

台山、惠东、阳江都有足够大的海面，栖息它成长的愉悦和忧伤，装载它不变的情怀。

异乡的沙井蚝没有变。每次相见，我都感受到它一如既往的健康活力。

不变的还有蚝农，他要用一生来承诺每只蚝的品行。

数十万亩的海面是沙井蚝农的新田地，种一粒才能收一粒，他视海风如春风，蚝虫如种子，在异乡的海面播下一个来自深圳特区的品牌，守望着每一回的春暖花开。

身居异乡的沙井蚝，还是叫沙井蚝，说着同样的话，表达着同样的思想，保留着同样的眼神和气质。与身处异乡的我，一样。

蚝乡的图腾

沙井，步涌，江氏大宗祠，一座三百年的蚝屋。

历史的斑驳都植进这一堵堵蚝墙，融入一个宗族的血脉。

蚝墙的纹理，也是村庄的纹理，时空因此拉近。

粗粝的蚝墙上，几根小草顽强舒展着，一春又一春注视着世间的繁杂。

这是活着的另一种力量。

风，很随意地从珠海口荡来。蚝屋里，几个老人正在激情地与微风捉对。我却总听到蚝虫在墙体里坚定爬行的声响。

天空下的村庄依然，房屋的距离变窄了或宽了，但村子里同样的血脉潺潺流淌。蚝屋是蚝乡的图腾，被一次次装饰沧桑，又一次次填补悠远。

蚝屋或许是前人种下的一棵树，根深蒂固，今天才有无数的楼宇，一幢接着一幢，如粗枝繁叶，在村庄中伸长。

现在的蚝乡，常因梦想而难于入眠。梦中，不仅只有蚝。

我所认识的沙井人和沙井蚝都是如此一次次穿越时空，顺势而行。

从理想到理想，从精彩到更精彩，色味俱全。

邻水脐橙，用甜言蜜语与我谈心

邻水，四川东部。华蓥山、铜锣山、明月山正在川东的丘陵中平行伸展，御临河、大洪河相约保持同一视线，紧贴地面，说着川话。我的面前，一张中国地形图，站着一个遥远的邻水。

此时，一箱久仰大名的邻水脐橙，沿着快递的流水线，来到我深圳的家，准备与我面对面谈心。

正值十月。川东的秋风繁忙地从这畦橙田赶到另一畦橙田，浩浩荡荡地染黄15万亩橙林。四季分明的阳光，抚慰万物。紫色土，饱含矿物营养，紧张地喂养即将出阁的每一粒脐橙，让果更圆，皮更薄，汁更浓，味更甜。无数脐橙偎依着树枝，用优雅的姿势调拨着树下尖叫声的旋律和音量。

这是一个丰收的季节。果农眼如脐橙。他曾经用汗水播种希望，现在又用笑容收割果子和柴米油盐。每粒丰腴的挂果，都有着汗水的润湿。一方水土，一门心思，喂养一种橙。

切开的脐橙，向我坦露肌体。幽香瞬间在屋里飘荡，清香盈口，甩进嘴里的每一滴果汁，与无数的醇、醛、酮、有机酸一起直沁心脾。

我从未涉足邻水。我突然很想邻水。我要与邻水当地勤奋的蜜蜂们相约上路，沿着川东长长的丘陵，先看看那一路的抽绿，再点缀那一园园的橙花，最后共同守望秋色中的橙果。每到一地，必定芬芳四处，漫山弥香。

　　有一个被称为"三山两槽"的地方，其实很远。被称为全国脐橙之乡的邻水，却很近。只因几只刚住进我心里，能够用甜言蜜语交心的脐橙。

海滨，那风景

一

身背梦想，走进海岸，阳光透出的七色，浮动缕缕情愫。

那远空，苍茫无际，汇聚着激荡，辽阔着我的视线。

在这里，我寻觅、栽埋多情的种子。

小渔童蹦跳高唱，老渔汉安之若素，花渔姑顾盼四方。

微笑点破的海浪，流过心迹，意犹未尽。

二

排排海浪，在我的面前盛开，清脆而通透。

那其中的一朵，正是我的追寻。

它必定攀着理想，翱翔于燕鸥的飞翅上。

它必定沿着海岸，踏着细沙，启示着更远的前方。

三

一块块乌石圆润如鼓，我足点大大小小，如鼓点轻重缓急。

脚印拔开的浪迹，又瞬间朵朵飘零。

这是我走过的路，在见证我的身上阳光和风雨。

浪花打湿的鞋，总有一滴滴盐的味道。

四

此后，无论远轮出海，还是撑帆归航，我都要迎着理想的光芒。人生的汗迹终归于大海。

那些轻舟、鱼鹰开辟的航道，闪烁着银意，回响着欢声，即使无言，也是我终生的依靠。

大鹿岛在岸那头招手

　　台州玉环，大鹿岛，被时光种植于东海上。岸与岸的距离，隔着一片浩瀚的光阴。

　　烟波无限浩淼。急促的风浪，藏有一把巧匠的神刀，无数的传说，惬意地雕刻着。龙游洞、索桥风月、八仙过海、五百罗汉、寿星岩、渔翁老洞、乱石穿空、千佛龛，个个礁滩岩雕，表情斑驳，纹理毕现。

　　这里是唯一的国家级海岛森林公园，一个30多年的老字号。两平方公里的土地，借自心血汗水的养分和海水岸风的内涵，硬是长出了一片片碧绿，一串串花香，一行行鸟语，和目不暇接的自然景观。原先荒岛碎石间活下来的马尾松、野桃树，记录着小岛绿化的每个片段。日本柳杉、北美鹅掌楸、台湾相思树、美国红杉，棵棵在海风中自由漫步，向遥远的故乡传递佳音：我在这里，活得很好。近1000种植物，在给87.5%的地面披上绿衣，驱寒送暖。荆草蒙茸，苍翠欲滴，大鹿岛由此有了新的外号"东海碧玉"。

　　海鸥和好多不知名的鸟儿，像士兵一样，在岸沿天天巡视着，用笑声播放着潮起潮落和风雨来临的消息。它们都是土生土长的岛二代、岛五代、岛七代，阳光下每双肆无忌惮的翅膀，总是期待着天更蓝，海更碧。海风徐徐而来，每一种言体的自由表达，都令人倍感温暖。

在大鹿岛，我好想赞美鱼儿自由的恋爱，飞鸟畅意的婚配，以及岩石与海水的健康孕育。只因风浪洗过，眼睛所及，处处如此风姿绰约，野性而灵动。

游船驮着游客，源源不断。在东海那个海拔 229.2 米的高处，我看到大鹿岛正在热烈招手。

一弯古桥连接
一座古镇的前世今生（组章）

永兴桥

五十米的永兴桥，我用一个小时行走。从此端到彼端，又从彼端及此端。

阳光把我打印在桥面上。光阴慢慢流走。

二百年的岁月也是这样摆设于岸与岸之间，所不同的只是时间派生的刻度。

表情斑驳的浮雕，在桥栏上彰显着当年的荣光。桥头面容依稀的石狮，用站立守候着往日雄性。一棵活了二百年的榕树，只需枝繁叶茂就可传续岁月，只因身上长着太多传说，于是便有说不完的故事，从一张嘴演绎到另一张嘴。

每一阵从桥面上路过的脚步声都带来风。无数的风帆曾以永兴桥的三个桥孔为坐标，乘风而来。只是今天的风已吹不来如梭般的商船以及曾经的繁华。带有咸水味的风，可以告诉你，这里与合澜海很近，但现在一幢幢春笋般成长起来的楼宇，已隔断所有来船回归的视线。

永兴桥，一座据传为中国最早路桥收费站的乡镇小桥，就是这样活在深圳宝安的闹市间。它先是活在清嘉庆年间的《新安县志》，又活在重叠的脚印中。

一弯桥，因为活着而串起一座城镇的前世今生。

新桥河

所有的河流都肩负使命，用流动姿态抒发情怀，用滔滔不绝陈述理想。

新桥河水穿永兴桥而过，与茅洲河相通，直奔珠江口而去。无数的商船与它同行。

这是一条存活于文字中的河流。

现在呈现于我面前的却只是一口近万平方米大的池塘。它依然以蓝天为背景，一次次为这轮弯桥造影，试图继续营造着当年小桥流水的景致。

新桥河是因为时间而消亡的。

这泓塘水，我常常将其视为铺在地面铭记一条河的碑记。每逢微风吹动桥影，就可以看到行行文字有序打划着。这里有一条河的前世，也有一口塘的今生。

有时，一滴水也足以装载一颗太阳。

它告诉我，新桥河死了，但新桥河水还活着。只需清唱，便有和音。

清平墟

这是一座南方的小镇。当海风将晨曦吹开，来自福永、松岗、石岩、公明等地的山货、美味便会跨过永兴桥，在这里应有尽有地叫卖起来。

清平墟，一座齐名于西乡、南头、大鹏的深圳四大古墟，它每天的喧闹都是从桥头开始。

条条店铺林立的巷陌，曾被陈述成乱花迷眼。当繁华无法承接繁华，视线的末稍便如昨日黄花。

四四方方、青砖垒筑的广安当铺是活在世上的另一个清平墟，它曾经顶天立地，商贾云集，俯视众生，在当铺里升腾的清香和一个个匆忙的身影中，一次次见证繁华，现在却是草木萋萋，瓦砾残败，见了沧桑。

其实清平墟是无需凭吊的。我总想着，现在的沙井、新桥、福永、松岗、燕罗等一座座生发的城镇，或许就是这里飘过去的一粒种子，一座离去的清平墟，已用生长的方式展示生机和活力。

春去秋来，岁岁枯荣。每一回苏醒的偾张，都在告别前生。

第五部分

及物，一张灵魂的菜单

踏　浪

一

海面，灵感乍现。

一张稿纸，缓缓舒张。微风如尺，一行行打划着草稿的走线。

海水中的散文诗，有汗水的气味。

浆如笔，船如砚，每一次前行，溅起的都是诗的语言。

与船同行，我踩着浪点。

二

海，让一朵朵银花盛开，却一次次将我的快乐揉碎。

我是听着浪花的歌声而和唱起来的。

呜咽的暗流，一路相伴，总有它的忧伤。

海滩上空，无数的星星，在阳光下，晶亮晶亮的，每一颗坠落，都已化为浪花。

别试图掬起任何一朵，它已经在风中凋零。

三

涨潮。一行行浪条把海滩上的船托起。

一日一回，铸造着渔人的人生。涨潮，就是一种机遇。

退潮的时刻，就能看到你曾经行走的脚印。无形的，却是工整的。恰如你悄悄地来，又悄悄地去。海边的岩石，在时光洗礼下，风姿绰约，野性而灵动。

在海边踟蹰，拾一只彩贝吧，上面雕刻着光阴不复返的启示。

四

海，博大精深。浪花中浮动人间悲剧。对海无知，就别期望得到它的宽容。

我正坐在离岸的渔舟。远岛如鸟腾起，小礁如鱼潜底，舵公挥动他那深沉的嗓音。我的灵魂已与海水交融。

每一个网结都系着渔人的希冀。撒网是他实现愿望的手段。一网空了，又一网空了……

付出，并不意味着拥有等量的收获。

光之芒

一

8 分 18 秒，14960 万公里的长度。

太阳的每一次造访，都以光作为材料架桥。

它要飞翔。它要发光。请接住这飞翔的能量。

阳光是有骨有肉的，连漫步的空气都有它的思想流淌。

光线是太阳撒到地面的雨，让土地万物安然享受。花草与
虫鸟都是喜爱阳光的，它们虔诚相拥，用绿叶、艳花，以及快
乐的声音表示感激。

二

整个地球是一座园子吗？到处响彻着阳光的脚步声。

它的影子飘到这里，已找不到归路。

每一寸阳光，都是如此充满理想。

它将温暖撒了一地，引领季节的流向，婉约前行，又轮回
往返。

有梦想的一线光，点缀着闪亮的时刻。

三

阳光，是铺在地上的流水，以光伏的方式发出回音。

我只是一块光伏发电装备。从曙光爬出地平线的那一刻，我的家门已经洞开，包括我的脸、毛孔、心脏、血液和思想。

我向万里晴空问好。

希望云彩，再绚烂的云彩，都别挡住我遥望故土的视线。

那是我源源不断的生命之泉。

四

阳光随帘而下，变着样子，照耀我们的生活。

光伏电力，一双洁白干净的手，正热烈拨动太阳的色谱。

它已把一切藏匿于电池盒里，一旦打开，光明璀璨。

在每个灯火鲜艳通亮的时候，请记住它的燃烧。如果想纪念它，就在夜里最漆黑的时刻，打开所有的路灯、航灯、哨灯，点亮荒原，点亮大洋，点亮哨所，点亮牧场，点亮海岛，让温暖再现。

这是光的另一种表达。

五

阳光因光伏延续生命。

光与电的距离，只隔着智慧和汗水。

有一群人，已从 18 世纪的法国、美国出发。他们怀揣理想，点燃阳光，点亮自己。又有一群人，正沿着足迹，快步前行。

天将更蓝，地将更绿，心必定更加光华四射。

这是光伏在东方中国的梦想。

天空那只鹰

从原点到归点，生命飞翔的过程，无论跃升或跌落，都为自然赐予的福音。

我为歌而来，沿途相逢的草木、飞鸟、昆虫、大河、高山，为生命奏起的歌，蓄意地鸣放对流。

氤氲的气流，翻腾着酸甜苦辣，却总是向着天空荡漾，续接光的趋从。

我扯开嗓门，并不是为虚妄准备。我的翅膀都已上色，如同太阳的光芒，渴望在大地上投射梦想。

我的生命在于飞翔。每个空间，每个音阶，每道光线，我都深深爱着。

围　墙

这不是一棵普通的榕树，也不是一道普通的围墙。

宝城灵芝公园一角，有一节砖石围墙，没有了。

榕树围着墙体，长出躯干，将围墙的模样托起。

它的年龄，随着岁月饱经风霜，由幼稚至成熟，如一把绿伞，高举在头顶。

它平静地在这个社区公园一角，舒展着，浓荫，铺了一地。

它独立风中，怀抱一堵几乎倒掉的围墙，让根深深扎了进去。

一条条板根，依然如雨丝般，与岁月一道，从树干上撒下，是那样无限地接近土地。

板根，此时更像一块块坚实的脚印，积蓄并伸展着。一条有理想的板根，才会掷地有声。

榕树因此在灵芝公园构筑一道独特的风景，在相片中，在视频里，它既是背景，也是主角。

我愿是大海里的一滴水

一

海，漫无边际，一滴水叠着一滴，一层浪叠着一层浪。

鱼，虾和许多生物把自己包裹在水珠之间。一个个成长的故事，在如水的岁月里惬意地游动着。

生命如水，柔软而不息。

其实，生命都是短暂的。只因留在了水里，才显得如此长久。

海，不会枯竭，无数在海里死去的灵魂在水中得到永生。

二

浪花总被举在船头，一朵一朵开放着，在瞬间盛开后，很快又凋谢了。

花开花落，只因心境。

浪是水滴交流的形式。撞击不仅产生声音，更会萌发激情。

看海的日子不需过于焦虑，因为当一朵浪花化为泡沫的时刻，总有另一朵在异处绽放。

三

一方水土养一方鱼。

水是鱼的土地。每一条鱼穿行的姿势宛若犁头翻转，一行，一行，又一行，每一行都如此深入浅出，刚劲有力。

每一方土地都有自己的约定，鱼儿循着时节而来，在自己的栖身之地，呼吸自由的空气。

一代人照看一代海，鱼儿也当遵循如此规则。

四

顺着涨潮的姿势，海风洋洋洒洒而来。潮水因此充盈着暖意。

潮起潮落已成为码头每天的轮回。每一次风起浪涌的情怀，都终归于寂静。

总有旧船在海风中凋零的，此时的码头如墓场，成为落叶归根之地。旧船板被钉成板凳、茶几，用于畅谈风月及人生。

再残旧的船，都有自己的出路，有时与潮汐无关。

五

　　蓝天白云，海天一色是
常人所期待的风景。

　　行走在沙滩上，浪花一
次次抚平走过的脚印。海水
打湿的鞋上所残留的，才是
海真正的气息。

　　七月，总是这样的海天
云蒸，每一块蓝天，每一朵
白云下，都有无数颗腥燥的
心。

　　我想着，可否成为大海
中的一滴水，尽情感受那一
派无上清凉，在跳动的音符
中，享受被烈日蒸发前的最
后时光。

依然的阳光

总有一片阳光，在我的心里灿烂无比。

彼岸声声湛蓝的啼唤，在航线上注满的韵律，诠释的意义，寻找同一个梦，把你我的征途照亮。

记忆的篱笆，养殖着许多可以感激的事，它们像一个湖泊，映照经过的倒影。

倒影里，总是阳光的暖意，芬芳着祝福和梦想。

当我行舟搁浅的时候，命运冲击的风声，无不融注着熟悉的音符，使我体会到传呼笛的温存。

怀念一片阳光，所需要的真诚，其实是对人生的领悟。

岭南雪红

岭南下雪了。

一场纷纷扬扬的雪，跨越一个个北方的纬度，从一棵棵长在岭南的紫荆花上突然砸下。一枚枚地砸，一路路地砸，蕴含着时间的重量和温度。

这岭南的雪，铺在树下，还是红色，新鲜的红，红得满地，像北方那漫山遍野的白，舒展着天生的自由和淡然。

冬天的岭南，没有雪，只能看这如雪一样挥洒的花。到了激情飘舞之时，季节的行走都是如此毫无恋意。

一群群年轻人来了。在紫荆花树林中，他们顶着北方来的风，欣赏着南方的如雪般的纷飞。落花被堆成了一个个心形。他们合十双手，试图从季节的碎片中打捞幸福的元素和祝福。花如祭品，无数的唇语，夹在风中。一对老人走过，手暖着手，蹒跚地踩过花径，笑如花红。

南方，就在南方，与皑皑白雪一样洒落的花，用音色喧染每一双眼睛每一对耳朵。紫荆花的红，像远处的掌声，一片片在树下及网络时空中拨落。

我满目落红，如雪又如火。每片雪融，都将烧去诗词一朵。

印 石

印石沉默着。这是石头的价值所在。所有试图裂开嘴巴表达思想的石块，已因自己的多言而被丢弃。

石头在变成印石的那一刻，已彻底醒来。它保持着打禅的姿势，任一双爬满厚茧的手端详着，随意拿捏着。

千万年的光阴，其实并不长。由石头到印石，只相距一个金石味的梦想。

从咔嚓一声开启，我看到了刀光在方寸之间的游离。一把舔石的刀，划出一滴滴坚韧的水声，清脆且细腻。水滴而石穿，在时光末梢，一块顽石悄然开花。每块印石都住着一颗灵魂，沉默不语，却在启迪未来。

印石其实是站在我面前的另一个我。在霓虹闪烁，光芒四射的城市里，吮吸着刻刀铿锵的味道，追寻凤凰涅槃的一刻。

笼子里的兔子

它坐在笼子里，磨动着腮帮子，神情闲逸。在属于它的世界里，每一片递来的小白菜，都是人间佳肴。

小侄女与它对视着，不舍的哭声撕心裂肺。此时，天下着毛毛雨，打湿兔笼的，却是豆大的泪水。

我从外面匆匆回来。一阵急促的敲门声，令小兔子一阵惊愕。它红着眼，敌视着我。

一张陌生的面孔，犹如静水里投进的一块石子，每一道漪涟都荡过一丝恍惚。

小白兔很快恢复了平静，咬嚼白菜的声音，盖过了小侄女的哭泣。

厨房里，父亲霍霍的磨刀声，急促入耳。

那朵雨做的云

总是想着那云，想着淡泊的人生。

云用温柔的手，抚画着鸾翔凤翥的童话，把洁白的片段浮思在映满阳光的天空。

生命总是浸在风中，云把自己变得望风随想，变为迷彩的梦，变为灰沉沉的含蓄，变为雨做的泪滴，变为本不属于自己的厚重。

总是想着那云，想着那放飞的心事，渴望让自己融进云中，在那飘忽的风中探求命运的经典，在那溟濛的雨中思考理想的深远。

雨天，亦想着去看云，看云的日子不需要守候归期。我知道，自己已不在意带伞，纷扬的雨丝间，或许就有那朵雨做的云、那云叠缀的欢欣。

七步诗

"本是同根生，相煎何太急"
——【三国·魏】曹植

或前或后，或左或右。七步之遥。

刀斧手站在第八步，静候帝王的指令：今天，要让一颗鲜活的人头落地。君要臣死，唯一的理由便是，你应在此时顺天应命地死去。

洛阳城缱绻的风，撕开一张面具。一粒悲怆的豆子，如履薄冰，惶恐无措。

金碧辉煌的殿堂，静如死水。脚步声踩着节拍，如起伏的鼓点，却是声声追魂。生命的长度，手足的情缘，需要一首诗来丈量。

这是怎样的宫殿，整个像煮豆的热釜，让人眼眶如火，视线所及，尽是燃烧的豆杆。哭泣的豆羹，卷起一股股升腾的豆香，那是远处跌下的云，夹着清瘦的北风和猛烈的雨点。

七步。这是兄弟情义的厚度，也是一个帝王心胸的宽度。

风临墨起，刀光剑影。今天所有泣血的文字，都将刻于骨头之上。这沸腾的釜里，伫立着句句苦痛的声音。

灶火如诗，徘徊七步，却是恍惚千年。

远　方

　　远方是闪烁的夜光，在我们跋涉的脚印中演绎出铿锵的声响；远方是希望的灯塔，让我们在暗礁和浅滩间，激发智慧的力量；远方是永远的视线，把我们灿然的理想，在血与汗的奔流中，映照出七彩的光环。

　　生命已经选择了漂流，于是，我们注定要在浪点的律动中，寻找激越和辉煌；在顺风逆风中，竞速竞力，用至真至纯的追求，滋润我们恒久的信仰。

　　远方培育着我们的理想，远涉的诱惑擦亮我们的眼光。追寻远方，在阳光下，在星辉里，在风雨声中，咀嚼幸福和苦痛，倾听我们源远流长的信念。

　　我们渴望去远方。

期　待

期待是阳光剪落的影子，在清凉之所，等候一份静谧和共鸣。

期待是一束奔放的花香，在野性疯长的时节，一脉年轻的血液，被撞击得激情澎湃。

我其实只是一阵游荡的风，在你的视线里清唱着通透的歌。生命本是一种选择，我选择了飞翔，在炙热的时光中收割雨丝打湿的柔软。

我会飘落的，像一片帆，一路风尘，或者像一粒尘埃，只因染过奢华，洗过沧桑，在熟视无睹的日子变得清澈。

这是七月的一天，我已将所有的嘱咐装满行囊。在阳光斜视的时候，影子里每一片平朴的叶子都将感受温暖。

后 记

行走，以文学之名

　　开始与文学结缘，已是30年前的往事，那时还就读于初中，作家于我，是山巅层云，是朝圣之路的开始，纯洁而神圣，我一次次用朴拙、却又饱蘸赤诚与热情的笔去顶礼膜拜，也陆续在一些省、市报刊上发表了生涩的文字，直至1995年大学毕业，因从事新闻及文秘等工作的缘故而基本搁笔。

　　原以为就此与文学挥手自兹去，从此陌路人，却不知道有些机缘是需要时间的。2017年清明节前，一篇为纪念祖母而写的散文《祖母》无经意间撩动了我深埋于心底的写作热情。在过去的一年多里，我写了100多章散文诗，60多篇散文（随笔），其中一部分刊用于《人民日报》（海外版）、《人民文学》（增刊）、《散文》《山花》《延河》《湖南文学》《山东文学》《西部》《火花》《奔流》《散文百家》《诗选刊》《星星》《上海诗人》

《绿风》等10多种纯文学刊物，并几次获得省级以上征文奖。一年多的写作也让我更深刻地体会到，自己对文学的热爱并没有随着时间流逝而改变，因为这种爱已经深深镌进骨子里了。

《行走的树》是我的第一本作品集。行走是一种人生态度，我愿意做一名一直行走在路上的写作者，读万卷书，更要行万里路；也愿意做一棵头可顶天、明明白白、脚踏实地的树，这是一种良好的生存状态，尽管它可能只是长在自家的庭院里，却依然勤奋地展示着一斗清凉，一伞绿意和一处婆娑，非常真实，也非常有力量、有生命力。

这本散文诗集在选稿时，原想从2017年前所发表的一些散文诗作品中选用部分，但发现时间才是最真实的评判者，往年写的近百章散文诗，最后仅有三章适用。《行走的树》里的大多文字依然稚拙，但它记录了我多年来走过的路，看过的风景，遇过的人，以及对生命的追问和对生活的反思，这也是自己写作心路的第一次小结。

人到中年，似乎越发喜欢回忆，那些故乡人，故乡事就成了一帧一帧的老照片，在文字中缓缓地洇透，色彩也日渐鲜明，乡愁由此叠加。小学毕业后，我就外出求学，但故乡雷州的水，只需一滴，就可以洗濯我漂泊的尘埃，故乡的老屋，哪怕仅存一砖一瓦，也能承载我孤寂的灵魂，在这本散文诗集中，我用了足够的文字来记叙故乡。同时，用更多的篇幅记录生活中的情深缘浅，尘世冷暖。文学是一条漫长的朝圣之路，但生活却是一辈子的身心修行。我发现，在深圳，以及其它我所居住，甚至路过的地方，都有故乡的影子，都可以给自己提供膜拜的方向。

这一年多，我感到自己真的非常幸运，一路走来碰上的净是好人，无数的作家前辈、报刊编辑，亲朋好友，甚至一些素未谋面的文友，他们都在用最好的方式对我的写作给予鼓励、指导，让我一路风雨兼程不敢轻言放弃。《行走的树》出版过程中，周庆荣、李斌、钟国康、彭双龙、罗向冰等老师百忙中在写序、核稿、题词、篆刻、插图等方面提供无私的帮助。作品集尚未出版，已有10多名评论家表示将撰写评论文章。这点点滴滴，都足以让人感激至深。

真诚感谢生活，感谢文学，感谢所有的遇见。

是为后记。